JN116634

徒然なるままに

老人の
老人に
よる
老人の
ための
随筆―

今西 薫
Kaoru Imanishi

ブックウェイ

まえがき

つれづれなるままに、日ぐらし硯にむかひて、心にうつりゆくよしなしごとを、そこはかとなく書きつくれば、あやしうこそものぐるほしけれ。

　高校時代に、大学受験用に買った古文「文法解明叢書」のシリーズ番号 19 は、『徒然草要解』である（ちなみに、『方丈記』は「16」、『更級日記』は「24」である）。

　口訳には次のように書かれてあった。

する事もなく退屈であるのにまかせて、一日中（机の上の）硯に向かって（筆をとって）、心（という鏡）に次から次へと浮かんでは消えてゆくつまらない事を、とりとめもなく書きつけたところ、（その出来上がったものは我ながら）まことに妙に気ちがいじみている。

自分の書いたものを読み返してみると、間違いなく「ものぐるほしけれ」なので、書名を『徒然なるままに』にしてみた（いくらなんでも『徒然草』にするわけにはいかない）。『現代徒然草』のように「現代」を冠すると後世の人達にはいったいいつの時代のことなのか分からなくなる。さらに、「現代」という時はアッという間に過ぎ去る短い時間でしかない。『平成徒然草』にするとしても『令和徒然草』にしても、そんな時代を代表するような随筆でもないし、どちらかというと『昭和人の徒然草』である。でも、昭和の最初の23年間は非体験時代である。というわけで、こんな名前になった。

　なお、この作品には主体となる話し手が2人もいるという変な随筆になっていて、違和感を感じられると思う。同一人物内に潜む「2人」の視点で語られているからである。「私」という人物は著者である私で、ヒロウ氏（ある箇所では生前のムロウ氏）というのも、本質は「私」であるが、時として、私を超えた非常識で過激主義者である私である。前作

で死んでしまったムロウ氏が、この作品で蘇生したものの、加齢のために疲労困憊してヒロウ氏になったと解釈いただければ幸いである。

　最後に、日常の日本語に入り込んできているウルサイ英語に対して痛烈に批判し、非難している割には、本書にも良識ある読者には目に余るほど英語やカタカナが氾濫していることを自省し、ここに謝罪いたします。

著者

装幀　2DAY

目　次

徒然なるままに

老人の老人による老人のための随筆

日本の「夜明け前」

　本居平田（本居宣長／平田篤胤）の学説も知らないものは人間じゃないようなことまで言われた昨日の勢いは間違いであったのか、一切の国学者の考えたことも過った熱心からだとされる今日の時が本当であるのか、このはなはだしい変り方に面と対っては、ただただ彼なぞは眼を眩むばかり。かつての神仏分離の運動が過ぎて行った後になって見ると、昨日まで宗教廓清の急先鋒と目された平田門人等も今日は頑執盲排のともがら扱いである。殊に、愚かな彼（青山半蔵）のようなものは、為る事、成す事、周囲のものに誤解されるばかりでなく、ややもすると「あんな狂人はやッつけろ」ぐらいのことは言いかねないような、そんな嘲りの声さえ耳の底に聞きつけることがある。この周囲のものの誤解から来る敵意ほど、彼の心を悲しませるものもなかった。
「俺には敵がある。」

……何か不敬漢でもあらわれたかのように、争って
彼の方へ押し寄せて来た人達の眼付はまだ彼の記憶
に新しい。けれどもそういう大衆も彼の敵ではな
かった。暗い中世の墓場から飛び出して大衆の中に
隠れている幽霊こそ彼の敵だ。明治維新の大きな破
壊の中からあらわれて来た仮装者の多くは、彼に
取っては百鬼夜行の行列を見るごときものであった。
皆、化物だ、と彼は考えた。

　この世の戦いに疲れた半蔵にも、まだひるまない
だけの老いた骨はある。彼は湧き上がる深い悲しみ
を凌ごうとして、起ち上った。……「さあ、攻める
なら攻めて来い。」

　これは島崎藤村の「夜明け前」（河出書房『島崎
藤村（二）』492頁）の主人公である青山半蔵（藤
村の父親である島崎正樹がモデル）が、徳川幕府が
明治新政府に変わり、木曽の人々は苦しい生活から
解放されると期待していたのに、それがことごとく
潰え、とうとう正気を失った時の半蔵の精神状態を

描いた箇所である。

　長い、長い「長編」を読んで、その終わりが主人公が気が狂って死んだ……というのでは、「期待外れ」（anticlimax）だ。全編をグッと締めくくる、そんなエンディングにしてほしかった。だが、藤村の父親の姿が描かれていて、それが自伝的なものなら致し方あるまい。

　木曽街道の馬籠宿には立派な本陣跡がある。そこが島崎藤村の生家である。ここはグローバル化したツーリズムの波に乗って、半ズボンや薄汚れたＴシャツ姿でタトゥーを入れた「外人」や、耳障りな大音で外輪に歩いている近隣の東洋人がその近辺を徘徊している。彼らには島崎藤村は知られていないので、建物を見に来る輩はいたとしても中の展示や写真には興味なく素通りしてくれるからヒロウ氏は救われる。室内は無節操な「害人」に妨げられることもなく、まだ静寂を保っている。日本文学や歴史への憧憬を邪魔されることもまだ少ない。ただ、日

本人の若者も島崎藤村に興味がなく、来訪者が少ないのが寂しい。

『夜明け前』の出だしが「木曽路はすべて山の中である」というのはよく知られている。川端康成の『雪国』の「国境の長いトンネルを抜けると雪国であった。夜の底が白くなった」に匹敵する、作品全体を包み込むムードを象徴的に描き出す鋭い書き出しである。

　深い谷間を縫うように走る木曽路に住む人々には、田畑に充てる充分な土地はなく、生きるためには山の恩恵にすがるしかなかった。江戸時代の後半には尾張藩に組み入れられ、山林の利用が制限されるようになり、人々は苦しい生活を送らねばならなくなった。明治新政府になり、過去の士農工商という身分制度も廃止になり、新しい時代に夢を描いていた半蔵達には、この新政府が徳川幕府よりもはるかに厳しい国有林制度を敷き、村人は過酷な生計を余儀なくされた。木曽街道の宿の人達の代表として、半蔵が政府に嘆願書を提出しようとしているのを

知った新政府の（木曽）福島の支庁から呼び出しを受けて、戸長を解任される。

　維新による日本の夜明けを思い描いていた木曽の人達には夜明けは来なかった。だから、「世／夜」など明けることのない「世／夜明け前」が続いているのである。日本は今もそれが続き、世の闇は一層暗くなるようにも思える。

　令和は黎明となるのだろうか？

おしゃれな天気予報

　英語の本を読んでいておもしろいことを発見した。Foppery の意味を正確に調べようと思って辞書を引いたら、その一つの単語に「おしゃれ」と「浮薄」との意味があった。これは何を意味するかというと、その一つの単語は両義を含んでいるということである。即ち、「おしゃれ＝浮薄」なのである。

　今、NHK テレビの気象予報士という女どもが変な服を着て天気予報をしている。昔は民放だが福井さんのような言葉遣いや話しぶりが朴訥でおかしいということはあっても、服がおかしいということはなかった。南さんでもダジャレはきつくても、服装は普通である。不倫騒動を起こした気象予報士でもまだ服装は普通だった。

　ところが、この女性がスキャンダルになって週刊誌に取り上げられるようになってから、どうも気象予報士になることが「タレント」への登竜門になっ

たかのようで、彼女達は「おしゃれ」をし始めた。昨今、どうも服装が奇抜で奇妙である。スタジオの裏にでも「スタイリスト」などという見掛けだけを飾る職種の人間が付いているせいかもしれないが、どう見ても変である。

　私が変であるから、そう見えるのかもしれないと思いつつも、変なものは変だと言わざるを得ない。髪形はもちろんのこと、着ている服が目に付く。美しいわけではない。とにかくド派手でチグハグなのだ。見慣れないからかもしれないが、こんなものには見慣れたくない。目の毒だ。服は彼女達にはちっとも似合ってない。一つ一つの色や形が自己主張をしていて、トータルな「美」がどこにも見られない。

　そんなことを気にしている間に、肝心の天気予報をよく見逃してしまう。もう、こんな邪魔な気象予報士など登場させないでほしい。清潔な男性がだめなら、天気図とマウスのポインターと声だけにしてほしいと願うこの頃である。

取らんス、脂肪さん

　マーガリンが危険な食品であると言っても、そんな話は信じられないという人がいる。危険性が指摘されているのに、全く関心が払われていない。アスベストや薬害エイズの悲劇の再現にならないことを祈るばかりだ。

　毎朝、パンにマーガリンをたっぷり塗って食べているという人がいる。学校の給食にはマーガリンが出る。ママ友のランチ会の食べ放題のパンにも付け放題のマーガリンだ。こんな風景が当たり前になっている今、動物性の油脂であるバターより植物性のマーガリンのほうが健康的であると思っている人は多い。酸化したり腐ったりすることのない便利で安価な油として受け入れられている。

　現在では「ショートニング」という名で製造用に使われている無味のマーガリンが出回り、パンや菓子類の練り込み用に、フライドチキンやフライドポ

テトの揚げ油に、アイスクリームやコーヒー用のミルクやカレーのルウなどに使われている。

1998 年にアメリカで『危険な油が病気を起こしている』という本を出版したジョン・フィネガンは、トランス脂肪酸を「プラスチック化された油」と呼んでいる。ショートニングを用いて、大量生産を図る巨大企業は、トランス脂肪酸は牛や羊の胃の中でも微生物によって生成されるものだし、バターやチーズ、食肉の中にも微量に天然の形で存在するので、それと同じものだから、安全だと主張する。

ところが、水素添加によって作られたトランス脂肪酸は自然界には存在しない物質である。アメリカやヨーロッパではこの「天然のトランス脂肪酸」と「化学変化によって作り出されたトランス脂肪酸」を同一視せず、「化学変化によって作り出されたトランス脂肪酸」のみを危険だとして規制している。

では、なぜ「化学変化によって作り出されたトランス脂肪酸」は危険な化学物質なのだろうか。

2002 年 7 月、アメリカの医学学会（Institute of

Medicine）がこのトランス脂肪酸についてのレポートを発表した。そこで、このトランス脂肪酸は「悪玉コレステロール」を増加させるだけでなく、肝臓に悪影響を及ぼして「善玉コレステロール」を減少させるという有害作用があり、さらに心臓病のリスクを高めると警告を発した。

　また、コレステロールにより動脈硬化などの心臓疾患のリスクを高めるほか、子供だけではなく、大人の免疫力も低下させてアトピー性皮膚炎などのアレルギーの原因にもなると指摘されている。さらに悪いことには、体を酸化させてガンを発生させる原因にもなる。アメリカでは、ガンによる死亡率とトランス脂肪酸を含む食品の消費率の増加傾向がほぼ一致しているという報告があり、血中の悪玉コレステロールが増えるために心臓だけでなく脳の動脈硬化を促進し、認知症の原因にもなると指摘されている。

　市販されているマーガリンには平均値で約7％の

トランス脂肪酸が含まれており、加工食品の製造過程で使用されるショートニングはそれをはるかに超える量である。トランス脂肪酸が通常では存在しない分子構造のために、処理しきれずに体内に蓄積してしまうことが研究の結果で分かってきている。

　外食産業の大手企業は、次のような広告を出して、トランス脂肪酸の安全性に詭弁を弄して自己弁護を図った。その奇怪な文面が下記のものである。

「我が社では、これまでも WHO の指導に従ってグローバル全体で対応して参りました。トランス脂肪酸は天然由来のものとして牛肉や牛脂、乳製品、パーム油などに含まれています……毎日、適量をお召し上がりいただく分には「栄養上」の問題はありませんので、安心してお召し上がりください。

　この広告文で興味深い点は、「健康上」と書くべきところを「栄養上」という言葉でごまかしていることだ。「健康上の問題はありません」と書けば嘘

になる。なぜかというと、「フライドポテト1個で健康上の問題を起こす基準値をはるかに超えてしまう」からである。

「栄養上」と書けば極悪なウソではない。ポテトの「大」のカップサイズに何個のフライドポテトが入っているのか数えたことはないが、好んでそれを食べ続けた人間の末路の体型を目撃したことが誰しもあるはずだ。「千と千尋の神隠し」を観ていない人でも、人間の体にブタになるほどの「栄養」を詰め込めば、「栄養上の問題はありません」などと、とても言えない「しまりのない体の人間」が出来上がるのを知っている。

　自分の家で作ったポテトは放置するとすぐにカビが発生して腐り始めるが、ショートニング（トランス脂肪酸）で作られたポテトは半年経っても腐らない。腐らない食品? これは体内でどうなるのでしょう? 恐くないですかこの事実、健康でありたいと願っている、皆さん。食品は腐るからそれが普通で、それでいいのです。食品は新鮮なうちに食べるから

体に良いのです。自然の恵みを受けて、人は生きているのです。それを忘れてはなりません。

　私は、こうした「食品？」（食品という名に値しない！）を「取らんス、死亡さん」と名付けることにしました。どうか、皆さんも、早々とお坊さんに「死亡さん」と呼ばれないように気を付けてください。

　追記
　学校の給食は「おにぎり」にして、マーガリンはやめるように働きかけましょう、子供を大切に思うママよ。「ありのまま、今のまま」では、良いママではありませんよ。

明治は遠くなりにけり

　子供の頃、よく「明治は遠くなりにけり」という言葉を耳にした。おそらく10歳程度に私はなっていたから、仮にそれが昭和34年だとすると、昭和34年＋大正の14年＝48年、およそ半世紀前が明治天皇が崩御された年だ。10歳の子供にとってはその時点での人生のほぼ5倍の長さだから、それは「遠い」昔のことだったのに違いない。明治時代は歴史の彼方のことだったし、江戸時代などはテレビの中のチャンバラの世界だった。

　しかし、その割には、明治乳業、明治製菓、明治生命などの看板があちらこちらに見られる時代だった。さらには、京都市伏見区の桃山にある明治天皇陵は家から歩いて15分ほどの距離だったし、乃木希典大将を祀る乃木神社は6年間通っていた桃山小学校の校門の真ん前にあった。

　ところが、今71歳になってみると、明治時代が

距離ではなく、時間的にいかに近いかを嫌でも認識させられる羽目となった。どうしてかというと、父親は大正2年生まれだ。ということは、私の祖父は絶対に明治生まれである。ということは、明治時代が45年と考えると、父親の祖父は幕末の混乱期を過ごしていたのだ。あの江戸時代、丁髷を結っていて袴を着てふんぞり返った侍が闊歩していた時代ではないか。

「えっ?!」と、当たり前のことに驚き、唖然としてしまった。私より5年年長の人達は、江戸時代最後の年である1868年と2021年という現在の年との丁度折り返し地点にいるのだと考えてみて、江戸時代がいかに近いか分かったのだ。

　自分の人生を振り返ってみて、この71年という期間は決して長いものではなかった。年をとるにつれて、年々、過ぎ去る1年は加速度が増し、短くなってきている。これから命が仮に10年あるとしても、実質、今の4、5年ほどの期間として過ぎてしまうに違いない。

　ひょっとすると、あまりに便利な発明品が日常生活を一変させ、それに飲み込まれて、時間が実際に経過した時間よりもはるかに早く過ぎてしまうように感じ、すべてがはるか遠い昔だと錯覚しているだけなのかもしれない。時が早く過ぎてしまうために、過去が近くなるのではなく、逆に、昔のことが大昔のように感じられる、という現象である。

　⑴　スマホ→携帯電話→子機が付いた手放しで話せる電話→黒い固定電話→交換手につないでもらう電話

　⑵　ジャンボ機／新幹線→電車→蒸気機関車→馬→牛車

　⑶　コンピュータ→ワープロ→電動タイプライター／手動タイプライター→謄写版／活版印刷

　テレビ、洗濯機、車など、文明はスピードを速めることをベースにして文明を進化させてきた。それゆえに、私達の時間の感覚が狂ってきたのか？

　繰り返すと、このように時短を軸に生活のスピー

ドが上がってくると、実際それほど時は経っていないのに、あまり昔でもないことが遠い昔のことのように思えるという錯覚が起こっているのかもしれない。

　時間とはいったい何なんだろう。

人は平等ではない

　NHKのラジオを夜の11時頃から朝までつけっぱなしにしておくことがあるが、聞きやすい。民放は、もう高齢で常識ある人には苦痛だろうと思うことがよくある。NHKのテレビ画面にも、そんな兆しが見え隠れしてきている。ラジオでは、見たくないものを見なくて済むから、心穏やかでいられる。

　我が家にテレビがないのに、なぜテレビのことを知っているかというと、ジョシュアの家にはテレビがあるから、ついつい物珍しいから観てしまう。観ると必ず、腹を立てるか、失望する。

「ラジオが断然いい！」というわけではない。番組次第である。テレビよりはましな程度という時もある。テレビはほとんどすべてだめである。民放などチャンネルを切り替えている間の数秒間、視界に入ってくるが、驚いて目がくらくらとし、頭がどうかしたのかと自分を疑ってしまうことがある。映し

出されたドギツイ色彩のスタジオと、そこに登場する人物達の派手で下品で「けったい」な趣味の服と下劣な笑い声、男どもの汚い髭面と女どもの嬌声と、若者の愚劣な発言と低能さに参ってしまう。おぞましいものを見た！と反省し、テレビのスイッチを切り、深呼吸する。どうなっているのだろう。今どきのテレビ番組は！ こんなものを見て、楽しんでいる人間が存在すること自体狂っている。

　NHKも民放を真似ているかのように、大衆に迎合しているというか、その愚劣化した大衆のレベルに下げて番組を制作しているようだ。低俗も甚だしいし、スタジオにいるニュースキャスターが楽しんで、はしゃいでいる。見ているこっちは、ちっともその気になれないから、白けてしまう。そして、気分を害してスイッチを切る。この繰り返しだ。

　ラジオがいいのは、「ラジオ深夜便」ぐらいのものだ。そこに流れてくる音楽は昭和のメロディーである。先日は、午前３時からその音楽番組が始まると、いきなり『月光仮面』の「どこの誰かは知らな

いけれど～」と流れてきて、寝ている時なら目がパチッと覚めてしまうところだが、今はコロナのせいで電車に乗るのは危険なので、車で大阪に夜に走ることにしている。大阪の街など運転するとは思ってもみなかったのに、それも、深夜の梅田や野田阪神辺りを突っ走っている。そのおかげでラジオ深夜便にお世話になっているのだが、『月光仮面』や『風小僧』が流れてきたのに合わせて、風のようにツムジとなり、俄然アクセルに力が入り、猛スピードで国道を走り抜ける。

「歌は世につれ、世は歌につれ」と言われたが、夢のある「いつでも夢を」的な時代に生まれ、そして育ったことに、我々団塊の世代は、にわか造りのプレハブの教室に詰め込まれていたとしても、感謝しなければならないのではないだろうか。10年早く生まれていたら、空襲に遭い、疎開を余儀なくされ、広島や長崎に住んでいたなら一瞬にして消えてしまっていたか、数年、いや、数十年と原爆症で苦しみ通した人生になっていたかもしれない。

誰しも、生まれる時代、場所、親を選べない。与えられた環境の中でしか生きられない。そういう意味で「人は平等ではない」。

　不平等の質や量によって、一律には判断できないが、何事にも平等の原理原則を持ち込むと人の世は窮屈になり、不平等を理由にガナリたてる本人自ら不幸を呼び込むことにもなりかねない。何事も「え〜かげん」が一番適正で良いということだ。

　BBCの放送を見るためにテレビを購入したのは、もう数十年も前のことだ。その頃でもNHKなどずっと観ていなかった。昔は、テレビデオと言われたテレビとビデオが合体した小型テレビを持っていた。そのテレビは、授業で使うビデオを家で前もって見るためのものであった。

　ある時、NHKから電話がかかってきて、視聴料を払えと言ってきたのである。NHKなど観ていないから払わないと言った。そこから、長々と押し問答が続き、テレビを持っていたらNHKには支払い義務が生じると、電話の主は言い張った。BBCし

か観ない。日本語のテレビは民放も含めて絶対に観ていないと言っても、無駄。相手はNHKを観ない生活など考えられないようだ。テレビは電気やガス、水道のように生活必需品だと思っている。現在の日本人の頭脳をテレビが汚染しているとしか、ヒロウ氏には思えないのに……。

　こんな下種な輩、即ち、心のさもしい生物と議論しても始まらないから、生前のムロウ氏は言い放った。

「では、テレビは捨て、テレビデオは大学の自分の研究室に持っていきます。それなら、NHKの視聴料は支払う義務はないのでしょうね！」

　それで、やっと押し問答は、一見、落着した。一見である。困ったことになった。それで、テレビは滋賀県に住んでいる息子に譲り、小型のテレビデオはビデオしか観られなくなった。NHKに文句を言われる筋合いはなくなったのだが、研究室にはテレビの配線がないからBBCのテレビが見られなくなってしまい、「心の故郷」と隔絶されてしまった。

だから、ムロウ氏がその分をジョシュアに払って BBC と契約してもらえば視聴できていたのだが、毎日そこに行くわけでもないし、英語が分からない人には、あの英国特有のきれいな英語発音も耳障りになるかもしれないと思い、BBC は観なくなってしまった。

　でも、WOWOW は契約しているから、テニスの放映は頻繁に見られるので楽しい。

　それで、この事件からもう 15 年以上も経った今、2020 年の 7 月末、その法律とやらをネットで調べてみた。現行の放送法によると、第 64 条（旧 32 条）の中に、「協会の放送を受信することのできる受信設備を設置した者は、協会とその放送の受信についての契約をしなければならない」とある（今は、コンピュータで BBC World Service も月額数百円で NHK と無関係に見ることができるが、これにも支払い義務が生じるのだろうか？）。

　昔、MMといういけすかない男ありて、その男がMCをしているコマーシャル的番組で、何かの食品に特定の効能があると取り上げると、すぐにその日にはその食品がスーパーで品薄になるという話を聞いたことがあった。

　実際に、「ある日突然」、スーパーの棚から納豆がなくなって、ヒロウ氏は「一人黙ーるの」と、トワ・エ・モア（Toi et Moi）の「トワ =Toi=You」もいないのに、モア一人だけの体験をして、テレビの恐ろしさ、マスコミの影響力の大きさに唖然とし、「Toi, Toi, Toi」と叫びながら、テレビ画面を叩いたことがある。「Toi, Toi, Toi」とは、ドイツの悪霊を追い払うおまじないの言葉である。テレビによって考える力を喪失した人々の存在を嘆き悲しんだ時のことだ。

　昨今、人は本を読まなくなった。このことと人間が軽薄化したことと深い因果関係があると、ヒロウ氏は断定している。本を読んだ質量が人間の重さと比例している。体重のことではない。「心重」であ

る。マンガが書物と同等のものだなどとゆめゆめ思ってはならない（「努力努力」と書いて「ゆめゆめ」と読む。人間の質を向上させるには努力が必要だということだ。［努力してマンガを読む人がいたらどうなるのか？］と口先の尖ったフェミニストが反論したらどう答えよう……）。

　とうとう大学にもマンガが教科書のレベルにまでのし上がってきた。大学がマンガのレベルにまで下がったとも言える。

　とある大学にマンガ学科が出来て天地がひっくり返る思いをしたのも、もう随分昔の話となった。それまでは大学の図書館の棚にマンガなど置くことは「あるまじきこと」だったのに、学科が出来たということは、そこにはずらりとマンガが居並ぶことになる。マンガが私立、町立図書館に幅を利かせ、大学の図書館にも入り込み、本棚に無作法にもカントやヘーゲル、アインシュタインやシェイクスピアとあたかも同等でもあるかのように置かれることになった。

　これから先、小説家の島崎藤村、谷崎潤一郎、三島由紀夫も、詩人の萩原朔太郎、高村光太郎、そして室生犀星も、遠い過去の人、自分達とは関係のない世界を関係のない表現形式で描いた人物として、紀貫之のように日本の文学史の中や試験に出てくるだけの人物や作品になって、人々から忘れ去られる日が来るに違いない。

ならぬことはならぬものです

　藤原正彦氏が書いた『国家の品格』という本が話題になったことがあった。今日読んだ原田伊織氏の『明治維新という過ち』という本にも、『国家の品格』で紹介されてあまねく知られるようになった会津の什（古代中国の軍隊が10人を一組としたことに由来する「十、十人」の意味）のことが書かれていた。

　町内の区域を「辺」という単位に分け、辺を細分して「什」という藩士の子弟のグループに分けた。什では「什長」というリーダーが選ばれ、什長は毎日、什の構成員の家の座敷を輪番で借りて、什の構成員を集めて「什の掟」を訓示した。什長は訓示だけでなく、反省会も行い、違反したとされる構成員は審問を受け、違反した事実があれば年長者との話し合いのもと「無念」、「竹篦」、「派切り」といった

制裁が科された。最も軽い処分の「無念」は「無念であります」（申し訳ありません）と謝罪する。「竹箆」は「禅の教えで、師家が修行者を打って指導する竹製の杖」のことであり、体罰である。「教」の意味は、ヘンは見ても分かるように、「土ノ」下に「子」でツクリは「鞭」の意味である。教えることには鞭が必要なのだ。ここでは、いわゆる「しっぺ」で、罪の重さに応じて、打たれる箇所や回数が違ってくる。「派切り」は、除名処分である。

　この「什の掟」は7ヶ条からなる。

一、年長者の言ふことに背いてはなりませぬ

一、年長者にはお辞儀をしなければなりませぬ

一、嘘言を言ふことはなりませぬ

一、卑怯な振舞をしてはなりませぬ

一、弱い者をいぢめてはなりませぬ

一、戸外で物を食べてはなりませぬ

一、戸外で婦人と言葉を交へてはなりませぬ

そして、「ならぬことはならぬものです」で締め
くくる。

　最後の一つは別にして、上の6ヶ条は現代の日本
の社会に欠落している最も大切な教えである。ちょ
うどここに、この会津の教えと比較してみたいも
のがある。それは、ドイツ人と日本人のハーフのS
嬢が書いたものだ。ネットにある彼女の文章の題は、
「まったく校則のないドイツの学校が『学級崩壊』
と無縁なワケ」で、その内容は次のものである。

　私はドイツで育ちましたが、ドイツの学校には
「校則」そのものがありません。そのため私が通っ
ていたギムナジウム（日本の中高一貫校にほぼ匹敵
する）では膝のあたりがビリビリに破れたジーンズ
を穿いて登校する同級生もいましたし、胸元が大き
く開いたデザインの服を着てデコルテを見せている
生徒もいました。パーマはもちろん、毛染めからピ
アスまで「何でもあり」でした。

　ここまで読んだだけでも、やはり校則は必要だと再確認できる。ドイツのことはドイツ人に任せておけばいいのだから言いたいことは山ほどあるが、言わないでおこうと思う。日本の風紀に照らして考えてみても、ヒロウ氏の京風の教育観に照らしてみても、こんな「乱れた学校」を容認できるものではない。

　さらに続けて、次のようなことが書かれていた。

　ドイツの学校には、日本でいう生活指導の時間はありません。生徒が放課後にどこを歩いていようと、週末に何をしようと、学校や先生はノータッチです。生徒の「性生活」に関しても基本的にはノータッチであるため、結果として生徒の恋愛にも寛容です。学校で堂々と恋愛をしているカップルがいるのは、ドイツでは珍しくありません。

　私が通っていたギムナジウムでも17歳の頃、先生公認のカップルがいました。このカップルは授業

中に隣同士の席に座っていましたし、もちろん休み
時間もいつも一緒に過ごしていました。クラスで修
学旅行に行くことになった際、「修学旅行中に万一
妊娠すると問題になるので、修学旅行中はカップル
が同じ部屋に寝泊まりするのは禁止」という先生か
らのお達しがありました。それも頭ごなしに言うの
ではなく、カップルと先生がじっくり話し合ったう
えでのルールでした。」

　　　　　　　　　（下線はヒロウ氏が付けたもの）

　ああ、よその国のことは放っておこうと決めたの
に、ドイツという国はなんと嘆かわしい国なのかと
溜息が出る。変てこな味のドイツ料理だけではなく、
教育もイカレていることが分かる。ヒットラーなど
を生み出す国民の食べ物と教育とを何とかしないと、
また物騒な国になるのではと危惧するヒロウ氏であ
る。
　ここで、1980年代のロンドンの下町、ブリクス
トン辺りの崩壊した学校のことを身近に詳しく知っ

ているヒロウ氏は、きっとドイツでも同じことが起こっているに相違ないとネットで調べてみると、やはりそれが起こっているではないか。ジャーナリストの金井和之氏の記事でも分かる。しかも、これは11年前のものだから、今は状況がさらに深刻化しているはずだ。彼の記事を引用する。

　ドイツは物理、化学、医学などの分野でノーベル賞をほぼ独占するほどだった。優秀な頭脳が輩出した歴史を持ちながら、今や、栄光は見る影もない。近年のドイツは、(1)経済協力開発機構（OECD）の学力調査で浮き彫りになった学力の低下、(2)ドイツ語を話せない移民の増加による、学級崩壊など教育現場の衰退──という二つの大きな問題を抱えている。
　ベルリン市のノイケルン区にある学校で校内暴力、対教師暴力が深刻な問題となった。学校の教師達が、校内暴力の実情を訴え、大挙してこの暴力学校の廃校を訴えたのである。学級崩壊ではない。学校崩

壊！である。2005年に200人の教師が暴力の犠牲になったという。さらに、生徒5人に1人が暴力行為の犠牲者になったとも言われる。

　暴力を振るったのは移民の子供達である。この子供達の両親はほとんどドイツ語を話せず、子供達もまともな仕事に就けるだけの学語力（ドイツ語）がない。ドイツが肉体労働やドイツ人がしたがらない仕事に就く労働者を移民に頼ったツケがここに出ている。ドイツ語を話せない移民の子供が公立学校に入ってくる。ドイツ語が理解できなければ、算数の文章問題、理科、社会、何も理解できない。こんな生徒はどうなるか、考えなくてもすぐに分かる。おとなしい生徒は寝てしまう。性格が悪い子は授業の邪魔をする。どちらにしても、クラスは崩壊の一途を辿る。教師による体罰を禁止などしていれば、体のデカい生徒は付け上がってきて、鬱憤を晴らすためにドイツ人の生徒に暴力を振るうだけではなく、教師にも殴りかかる。

「この先例を見よ！」とヒロウ氏は激怒する。

　安易に移民に労働力を頼る日本にも、必ず同じことが起こる。移民を受け入れてはならない。教育界に崩壊が起こる。移民がいなくても、教育界のレベルは二極化し、その一極はごく少数のエリート集団、もう一つの極は低レベルの一般大衆の子供達となっているのに、そこに日本語が理解できない生徒が来ると何が起こるか想像がつくはず。

　日本語が理解できないことからくる彼らにとっての勝手な不平等感、経済格差である。無教育で低いモラル意識しかない日本人に加えて、これ以下の「外人」連中による犯罪の増加が危ぶまれる。今までの「日本ではない日本社会」が出現するという危機が目の前に迫っているし、もうその渦中に入り込んでしまった様相を呈している都会がある。一刻も早く、この低レベルの外国人を労働力として国内に入れるのを止めないと、今の欧米社会が混乱の極みに達していることが日本でも起こるのだ。

　軍閥が大東亜戦争を引き起こして、その結果、日

本はアメリカなどの野蛮な占領軍（「進駐軍」などと誰が名付けたのだろう）に植民地化された。1868年には、薩摩長州が先鋒となって狡猾な手段で暴力革命を起こして政権を奪取した。愚昧な彼らが、明治維新などという新時代をつくり上げたと自負し、徳川時代を全否定しようとしたように、1945年8月15日の敗戦によって、また日本はさらなる試練に立たされることになった。たいした伝統も文化も由緒ある歴史もないのに、武力だけはある低俗なアメリカの支配下に日本は入ったのである。これにより、伝統ある日本文化の破壊は明治初期とは比較にならないほど深刻なものとなっている。

　長州くんだりの凡俗な政府高官によって「日本の良さ」が失われるのを見るのは辛い。明治時代以来、現在でも徳川時代となんら変わらず、血脈によって継承される政府高官の地位は継承されている。変わったのは、少し異なった家系になっただけのこと。今も続く日本における長州の罪は永劫に消えることはないだろう。誰か、今この時に、長州征伐をする

逸材が現れないかと、ヒロウ氏はそれを待ち望んでいる。

（話を元に戻して）

　先に紹介したドイツに関してのＳ嬢の話の付録であるが、ヒロウ氏のドイツ語の個人教授のアンドレアス氏に聞いてみると、「ドイツの学校に校則がない」という話自体が真実ではないことが判明した。バカバカしい。ネット社会は誰でも勝手なことが言えるから、気を付けないとそれに振り回される。

　自分の体験した学校だけしか知らず、ドイツ全体のことも知らずして、日本の学校のことにとやかく口出しする筋合いはないものと心せよ！

　特に、こんなハーフなんぞは父の国のことも半分しか知らず、母の国のことも半分以下しか知らずして、大きな顔をして語る資格はない。人間としての根幹が中途半端だ。日本の青年達よ、ハーフ（ダブルなんぞと勝手な呼称で自分達を二倍に良いという

ようなニュアンスで呼ぶ輩がいるが、おぞましい！）
なんぞ臆することなかれ！ 純血を誇りにせよ！（と
鼓舞しつつ、己の「不寛容さ」に慄くヒロウ氏であ
る）。

いろいろな小鳥

　大阪市のゴミ収集車の奏でる曲が明るく素敵だと思ったので、「大阪市のゴミ収集車の曲」でネット検索すると、これが島倉千代子の60年代の歌「小鳥が来る街」だと分かった。ヒロウ氏は団塊の世代なので年代的には島倉千代子になじみはあるのだが、特に彼女のファンというわけではない。

　だが、ヒロウ氏はその曲を聞いて、歌の「やさしさ」と大阪の人達の温かい人情とを重ね合わせて、とても良い曲だと気に入った。その後、大阪市が作っているホームページの「市民の声」を見てみると、生野区の市民の一人から「うるさい」と苦情があったことに対して、市の職員が謝罪の文面で応じているのを見た。激情型のヒロウ氏は、これはいかんと大阪市役所に電話をかけることにした。

　あの素敵な曲が「うるさい」と感じる人は「心無い」人に違いない。大阪市民でもないのに、大阪の

ことに口出しできる筋合いではないので、「京都から転宅してきたばかりの新米の大阪人」のふりをして話した。

「何の音楽もなく通り過ぎるゴミ収集車に気が付かず、時にはゴミを出し遅れていた京都の頃と比べますと、なんと優しい収集車だろう。作業をされている方もとても親切だし、感激いたしております」と語った。

　続けて「是非、この曲の歌詞を知ってもらうためにも、大阪市の少年少女合唱団にこの歌を歌ってもらって、それを録音して収集車から流してはどうでしょう。青色のすべての収集車でなくても、車体を緑色に塗った特別収集車でもこしらえて、走らせてはどうでしょう」と提案してみた。

　ここにその曲の歌詞を記してみようと思った。おそらく、曲には耳慣れていても今の大阪市の多くの人は、京都のヒロウ氏のように、歌詞は知らないに違いない。

　ところが、その曲の歌詞をここに挙げると掲載使用料を払わないといけないと分かった。ケチなヒロウ氏は、歌詞は削除と決めた。歌が知りたい方はご自分でネットで検索してください。

　どうでしょう。この歌詞をネットで読まれた方はヒロウ氏に賛同されますか。みんなが賛同されることはないとは思いますが、少なくとも大阪市の方達は、この歌を歌ってもっと住みよい、人の優しい心がもっと通い合う街にしてはどうでしょう。

　さらに調べてみると、なんとこの歌は大阪府庁で昼休みになると流れていたらしい。これを当時の橋下徹氏が知事になった時に、「変な歌」だという理由により府庁で流すのを中止したという記事が載っていた。

「男もいろいろ、女だっていろいろ、人の感性もいろいろ」ですね。

創世記

　女性の高学歴によって、明らかに晩婚化してきている。少子化になるのは当たり前だ。少子化率は「アメリカ人」になりたがっている愚かな韓国人をトップに、みるみる日本は世界３位に躍り上がってきた。

　女性よ、よく考えてほしい。男は子供を産むわけにはいかないのだから、女性一人ひとりは子供を２人産まないと、その民族は滅びていく。今、私達が目撃するように、地方都市の繁華街だったところはシャッター通りとなり、雇用はなくなり、共同社会は崩壊し、病院はなくなり、市や町は税収入が見込めないので、ますます疲弊してゆき、やがて崩壊する。

　女性が結婚しなく、子供を産まなくなったことが大きな原因である。その原因のさらなる原因を追究するならば、やはり女性の自立を促進し続けている

狂った社会にある。

　将来を考えるのなら、女性中心ではなく、子供を中心に考えるべきだ。私の愚かなフェミニスト妻はこう語っていた。

「私が幸せでいないと、子供達は幸せになれない」と。

　何と自己中心的な考え方だろう。

　あまりに自分の幸せを追求したために、ますます子供は不幸になり、夫のムロウ氏も不幸になり、我慢の限度を超えて離婚となった。そして、家庭は崩壊し、子供の精神状態は全く安定を欠くようになり、もうそれから20年以上も経っているのに、子供の心には離婚騒動からのその暗い影が未だに消えていない。

　女性が自立できない場合、愚かで権威主義的な男に服従しなければならない。だから、経済的に自立しなければならないという強い動機付けと、さらには、女性の大学教員やマスコミが「社会に出て働くのが《輝いている女性》であり、家庭で子育てに専

心する女性は能無しで、外に出ることで「生きがい」を掴むことができ、そのことによって「自己実現を成し遂げられ」、「自分らしさを表現できる」かのような虚像を作り上げ、喧伝したのである。

　ヒロウ氏は興味深いものを見つけた。

「創世記」第一章

27節　神は自分のかたちに人を創造された。すなわち、神のかたちに創造し、男と女とに創造された。
28節　神は彼らを祝福して言われた、「生めよ、ふえよ……」。

　また、第二章では、

18節　また主なる神は言われた。「人がひとりでいるのは良くない。彼のために、ふさわしい

助け手を造ろう」。

23節　そのとき、人は言った。

「これこそ、ついに私の骨の骨、私の肉の肉。
男から取ったものだから、これを女と名付
けよう」。

24節　それで人はその父と母を離れて、妻と結び
合い、一体となるのである。

さて、皆さん、何を意図してヒロウ氏は「創世
記」をここに挙げたのでしょうか。

言霊

　他の国の言語を知れば母国語のことがよく分かる
と言われている。その通りだ。しかし今、なぜか母
国語もまだろくに話せない幼児に、英語を教えよう
とする母親がいる。

　昔、いったい誰がどんな根拠で言ったのかは知ら
ないが、子供に２カ国語を同時に教えると混乱して
「気違い」（今の流行りの言葉で言うなら「精神障碍
者」）になるとも囁かれていた。この「実話」は今、
完全に覆されて、女性が日本人、夫が英語ネイティ
ブの国籍の男性との結婚の事例が増えて、子供は２
カ国語を流暢に話すことが立証されている。気が触
れているのかどうかは別として、大きなアドバン
テージをもらっての幼年期だ。青年期でも、まだそ
のアドバンテージが生きている。

　ところが、両親が日本人の場合、子供が流暢に英
語を話せるようにするために、英語ネイティブの人

との接触機会を、金の力をもってして作らなければ
ならない（貧乏人には無用のことだが…）。高額の
入学金や月謝を払って、インターナショナル・キッ
ズとかキッズ・キンダーガルテンやアイアイ・キッ
ズなどという英語環境の中に入れるか、インター
ネットを使ってのオンライン英会話レッスンという
手段を使う。

　子供は親の産物である。子供の時にどう躾け、ど
う育てるかが子供の将来を大きく左右する。子供に
英語教育を与える時間を大きく割くことにより、日
本語の習得が妨げられていないことをヒロウ氏は切
に望むものである。

　ヒロウ氏は、英語を子供の頃から教えることに大
きな疑問を抱いている。それは、英語という言語の
中に、「日本人の良さを奪うウィルス」が混入して
いるという強い確信があるからだ。

　長年、英語の教師をしてきて、英語の世界で接す
る日本人を見るにつけ、英語を流暢に話せる人ほど、
日本人離れしている（常識はずれである）という厳

然たる事実がある。言葉は人を作ると言われている。これがグローバル化した社会で生きていくためには、不可欠の「武器」であるとされれば、子供の将来を想う親なら子供のために英語に投資してもおかしなことだとは言えない。しかし、そうまでして、なぜそんな「道具」が必要なのだろうか。

　今、グーグル翻訳などを使えば、世界中のほとんどすべての言語はどの国の言語にも翻訳できるようになっている。文にして書かなくても、音声で直ちに翻訳して相手の言語に変換してくれる。近い将来は、同時通訳も可能になるはずだ。

　そんなことが分かっていて（分かっていないから、子供に英語などを押し付けて勉強させているのだろうが……）しているのなら、愚の骨頂である。

　子供の時にしっかりと母国語で「考える力」を養うことが何よりも大切である。日本語も英語も中途半端な理解力では、しっかりとした考える素地が作れない。考える力と言葉とは相互依存関係にある。「考える力」のない人の会話は表面的だ。浮わつい

た会話では「考える力」は生まれない。

　音楽や絵画のように言葉のいらない芸術、数学や化学のように記号や数字とは違い、言葉は生きていく上での善悪、美醜、様々な価値観など、考える力の源となる。その源をしっかりと作るのが、これまた「考える力」なのだ。

　言葉は生きる力を生む。しっかりと母国の言語を習得し、それによって知識や判断力を付けるのが子供時代には最も大切なことだ。他国の言語などを学ぶのは枝葉末節の道具にしかすぎない。

　言霊なくして人の魂の成熟はないと、ヒロウ氏は結論付ける。

高齢者見回り隊

「夢路いとし・喜味こいし、9月21日、陽だまり園に来たる」という大きな看板を職員が陽だまり園の玄関に掲げた。いとし・こいしの慈善公演の1ヶ月も前の夏の盛りである。陽だまり園に入居している高齢者はもちろんのこと、招待を受けている市内の高齢者も楽しみにしている。多くはテレビで観たことがあるだけで、ナマで2人を見たことがあるのは寄席に行ったことのあるごく少数の人だけである。「がっちり買いましょう」の司会をしていた往年の2人は威勢があって張り切っていたが、どことなく固いイメージがあった。ところが、今はほんのりと優しい味がある。以前はこいしさんより背が高く姿勢も良かったいとしさんだが、今はこいしさんよりわずかばかりであるが背丈が低くなっている。高齢になってはいるが、ますますボケの味が冴えわたっている。高齢者にとってはもうほとんど同世代のア

イドルに近いこの2人が来るというのだから、園外からの問い合わせがひっきりなしに来る。陽だまり園は急遽、市役所と相談し、学校の体育館を借りての公演となった。

　いよいよ、当日になると、運動場の端に横付けされた車から笑顔で2人が降りてきた。大阪から来た疲れも見せず、元気に体育館の舞台の袖に入っていった。しばらく休憩した後、2人はマイクのある舞台中央に進み出てきた。聴衆のほとんどすべては高齢者である。大きな拍手が沸き起こる。2人が軽く会釈して漫才が始まった。

いとし　最近、思うんやけど、年とって、老けたら
　　　　あかんなあ、って。
こいし　年とったら、老けるのに決まってるやんか。
いとし　違う、違う。年とって、こけたらあかん、
　　　　ってことや。
こいし　ふけるとこけるとは大違いや。
いとし　そら、まあそう言うけど、ふけるからこけ

るし、皆さんに言っときますけど、こけた
ら、おわりでっせ。それで寝込んだりした
ら、どっと老けまっさかい。

こいし　そら、そうやな。こないだも、うちの嫁は
ん、神戸のどっかのホールに加山雄三のラ
スト・コンサート・ツアーがあるからって
行って、階段踏み外して、こけよってな。

いとし　それで、怪我は？

こいし　肋骨の骨折や。

いとし　そら、良かったな。

こいし　それ、どういうこっちゃ。人の嫁はんが骨
折ったって言ってるのに、「それ、良かっ
たな」はないやろ。

いとし　いや、私が言いたかったのは、顎の骨とか、
腰の骨とかも一緒にバリバリと壊れんで、
それで、良かったなあって言ってるんや。

こいし　お年寄りの女の人が、ようこける時に手を
ついて手首の骨を折ったり、顎や、足首や、
あっちやこっちの骨を折るって話、よう聞

くなあ。

いとし　うちに来るホームヘルパーさんも、よう言
　　　　わはるわ、「年寄りの世話は骨が折れる」っ
　　　　て。

こいし　そりゃあ、骨が違う。いや、意味が違うで。
　　　　君の世話に骨が折れる、要するに、手がか
　　　　かる、ってことや。

いとし　いや、私は理想的な老人やで。老人のてが
　　　　み。

こいし　なんやな、その老人の手紙って……

いとし　手紙、ちごうて……

こいし　ひがみ、かいな。

いとし　なんで、老人のひがみなんや。

こいし　こないだ君はひがんどったやんか。

いとし　それは、その日がお彼岸やったからや。

こいし　何の話をしとるん？　それで、いったい何
　　　　が言いたいんや。

いとし　あんたが変なちゃちゃ入れるから、分から
　　　　んようになってしもうたがな。老人の手紙

　　　　　　ちごうて、ほらこの頃、電車の中で、よー
　　　　　　見るやろ。若い子が化粧してるの。

こいし　　そうやな。昔は見たことなかったなあ。人
　　　　　　さまの前で化粧するなんて、ましてや、公
　　　　　　共の乗りもんの中でするなんて、恥ずかし
　　　　　　ないんかな、あれ。

いとし　　その時に、ほらこうやって、やってるやろ、
　　　　　　バッグからおーきいもん出してきて。

こいし　　鏡、か？

いとし　　そう、老人の鑑や。

こいし　　「老人の鑑」というのに、そんな長いこと
　　　　　　かかるんか。頭からこけて、どっか脳みそ
　　　　　　が骨折しとるんと違うか。

いとし　　なんで、老人の鑑かと申しますと……。

こいし　　好きなように、申してみよ。

いとし　　4、5年前の還暦になった日

こいし　　なんで、還暦の日が4、5年前やねん。君
　　　　　　はもう80も越してるんやで。

いとし　　まあ、そう細かいこと言わんでええやんか。

64

こいし　それが細かいことか。

いとし　ここに来たはるお年寄りにお伺いしますが、
　　　　10年や、20年なんて、あっという間に過
　　　　ぎたと思わはりませんか。思う方、どうか、
　　　　拍手をお願いします。

（盛大な拍手）

いとし　ほら、見てみーな。

こいし　そら、確かに「光陰矢の如し」と言われる
　　　　ように、時というのはアッという間に過ぎ
　　　　ていくけど、4、5年前というのは、なん
　　　　ぽなんでも、サバの読みすぎやで。

いとし　ちょっと、小耳に挟んだんやけど、サバを
　　　　読むって、江戸時代に作られた言葉で、サ
　　　　バは数が多すぎて、競りの時にその数が早
　　　　口で数えられて、ほんまの数とちっとも合
　　　　わへんかったから、いい加減な数を言う、
　　　　ということになったらしいな。

こいし　えらい博識やな。まあ、わしの言ったこと
　　　　は、正しいということや。

いとし　それで、その4、5年前の還暦の時の話で
　　　　すが……。

こいし　もう、「4、5年前」はええて。

いとし　まあ、黙って聞いてんか。その記念すべき
　　　　良き日に、電車に乗ってつり革にまたがっ
　　　　て……。

こいし　掴まって。

いとし　掴まってたら、前の女の子が「席をお譲り
　　　　しましょうか」って言うねんや。

こいし　「僕のような青年が、女性に席を替わって
　　　　もらえますか！」なんて言うんと違うやろ
　　　　うな。

いとし　いいえ、違いませんよ。還暦の日にと言っ
　　　　たでしょ。還暦とは何歳ですか。

こいし　そんなん、60にずーっと昔から決まって
　　　　るがな。

いとし　そう、その栄えある60歳の誕生日にです

よ。可愛い女子学生から席をお譲りしま
しょうか、なんて言われたのは、何と記念
すべきことでありましょう。それも、生ま
れて初めてですよ、そんなこと言っても
らったのは。

こいし　そら、もう年相応に見えたからやろう。そ
れで、替わってもらったんかいな。

いとし　電車がプラットホームに入る音が聞こえた
から、階段を必死に走って、ギリギリ乗っ
たら、ほらあるやろ、老人の優先席、電車
の端のドアから入ったとこ、そこで、「はー
はー」言うて、「あーしんど、あーしんど」
と一人言うてたら、そこに座ってた若い女
の子が、もぞもぞしとるんや。なんかオシ
リでもかゆいんかと思てたら、「席をお譲
りしましょうか」やで。その奥ゆかしい
言い方。「席を替わったろかあ」と違うで。
「お譲りしましょうか」って。

こいし　君が「あーしんど、あーしんど」と言うて

67

たからやろ。そらあ誰でも替わるって言う
わな。それで？

いとし　「いいえ、結構です」と言ったんや。

こいし　なんでやねん。

いとし　「あーしんど、あーしんどと言ってたのは、
優先座席に座っている人に替わってほしい
という意味ではありません」と大きな声で
釈明して言ったんや。

こいし　なんか嫌味ったらしいな。そんなこと言わ
れたら座っとれへんやろなあ。ひょっとし
たら、その若い女の人、立つのも恥ずか
かったんとちゃうか。

いとし　それで、次に「今日は還暦の誕生日です。
生まれて初めて席を替わってあげようと言
われて、二重に嬉しい日です」と言ったん
や。そしたら、何が出てきたと思う。

こいし　何が出てきたって、カエルかヘビでも出て
きたんか。

いとし　そんなグロテスクなもんと違う。

68

こいし　なんやな？

いとし　あめ。

こいし　あめ？

いとし　そう、舐める飴。

こいし　大阪のおばちゃんが持ってるやつ？

いとし　「誕生日のお祝いに」って言って、この僕
　　　　にくれたんやで。

こいし　そりゃあ、珍しい子やなあ。

いとし　嬉しいやないか。

こいし　嬉しいやろうなあ。

いとし　可愛い女子学生や。天理の高校やと言うて
　　　　た。

こいし　かわゆーのうても嬉しいのに、可愛かった
　　　　らもっと嬉しかったやろう。

いとし　それで、僕もなんかでお礼をしなあかんと
　　　　思うて、ポケットやカバンを見てもなんも
　　　　あらへん。探してるうちに、大阪駅に着い
　　　　て、その子はどこかの病院に行って、私は
　　　　乗り換えやった。

こいし 　近頃、電車に乗ったら、大きなベビーカー
　　　　の若いお母さん連中が連れもって乗ってき
　　　　て、入り口のところを占領して、みんなの
　　　　迷惑もなんも考えんと平気で大きな顔して
　　　　いるのに、そんなに気の付く子はなかなか
　　　　珍しいな。

いとし 　それからずっとその子にお礼にと、ポケッ
　　　　トにはいつも生姜飴を持ってるんやけど、
　　　　なかなか会わんもんやなあ。

こいし 　還暦の誕生日から、今までずっとか。

いとし 　ずっとですよ。ほら。[ポケットから飴を
　　　　取り出す]

こいし 　なんやて、それって、もう20年も持って
　　　　るんか。

いとし 　そうですよ。

こいし 　そんなん、もうグニョグニョになってんの
　　　　と違うか。それに、その高校生はもう、40
　　　　前やで。見て分かるんかいな。

いとし 　そう言われたら、そうやな。

70

こいし　もう、捨て。ポケットの中で何かにひっつ
　　　　くで。

いとし　分かった。今日帰ったら、仏壇に供えとく
　　　　わ。

こいし　飴はどこでも好きなとこに置いといたらえ
　　　　えけど、感謝の気持ちはいつでもどこでも
　　　　大切に持ってなあかんな。

いとし　そうや、私ら老人がそのお手本を示さなあ
　　　　かん時が来てると思う。私らお爺さんは言
　　　　えへんけど、女性専用列車で化粧してるよ
　　　　うな若い女の子にはお婆さんが、化粧は家
　　　　でするもんで、人前でするもんやないと
　　　　しっかり教えたげなあかんのんと違うやろ
　　　　か。

こいし　相手が聞く耳持ってたらええけど、「この
　　　　クソ婆さん、ウルサイ！　人のこと放っと
　　　　いて」みたいに思ってる子やったら、言っ
　　　　ても無駄やで。そのあと、一日中、気分が
　　　　悪いだけや。

いとし　そりゃそうやけど、誰かが言わな直らへん
　　　　やろ。

こしい　言って直るようならええけど、言って直ら
　　　　へんことのほうが多いし、もうみんな諦め
　　　　てるんや。どうせ自分らはもうすぐ死ぬん
　　　　やさかい、後は勝手にしいって。

いとし　それはいかん。諦めたら終わりや。みんな
　　　　で、「若者のマナーを良くする見回り隊」
　　　　を作って、タスキでもかけて団体で行動し
　　　　て、マナーの悪い若者にいろいろ注意して、
　　　　教えていったらどうやろう。皆さん、ど
　　　　う思われます。「いとしとその仲間達のマ
　　　　ナー向上見回り隊」を結成したら、大阪の
　　　　街へ一緒に繰り出してもらえますか。

　　　　（拍手が起こる）

こいし　こんだけ声援送ってくれたはるんやさかい、
　　　　君はやらなあかんで。

72

いとし　そら、やりますがな。あんたは弟やし、兄(あに)
　　　　さんの私について来なあきませんよ。

こいし　ついて行くのは行ってもええけど、過激な
　　　　ことはせいへんやろな。

いとし　宝塚歌劇やあるまいし、そんなことするは
　　　　ずありません。私らは月組でも星組でもあ
　　　　りません。

こしい　なんか名前でもあるんか？

いとし　墓組です

こいし　墓組？　決死隊でもあるまいし、そりゃ変
　　　　やで。君も一緒に倒れるんと違うか。

いとし　倒れても大丈夫です。倒れたら、私も一緒
　　　　に陽だまり園に入れてもらいます。

日本文化の建て直し論から世界平和に

芥川龍之介の小品『手巾（ハンケチ）』に次のような件（くだり）がある。

　先生（東京帝国法科大学教授　長谷川謹造）は、本を下に置く度に、奥さんと岐阜提灯と、そうして、その提灯によって代表される日本の文明とを思った。先生の信ずる所によると、日本の文明は、最近五十年間に、物質的方面では、かなり顕著な進歩を示している。が、精神的には、殆（ほとんど）、これというほどの進歩も認める事が出来ない。否、むしろ、或（ある）意味では、堕落している。では、現代における思想家の急務として、この堕落を救済する途（みち）を講ずるのには、どうしたらいいのであろうか。先生は、これを日本固有の武士道による外はないと論断した。武士道なるものは、決して偏狭なる島国民の道徳を以（もっ）て、目せらるべきものでない。かえってその中には、欧米各国の基督（キリスト）教的精神と、一致すべきものさえある。この

74

武士道によって、現代日本の思潮に帰趣を知らしめる事が出来るならば、それは、独り日本の精神的文明に貢献する所があるばかりではない。惹いては、欧米各国民と日本国民との相互の理解を容易にするという利益がある。あるいは国際間の平和も、これから促進されるという事があるであろう。

　これを読んでおもしろいのは、いつの時代も社会は変化するが、その変化を嫌う人がいる。過去の社会に真髄を求めようとする高齢者が、自分の生きてきた時代の文化を維持したく思うのも、そこから来ている。だから、ヒロウ氏のような人物は軽薄な西洋文化が日本の奥ゆかしい文化を侵食するのを食い止めようと、躍起になって喚き立てている。
　今のたるんだ若者を鍛え直すには、徴兵制度を設けて自衛隊で鍛え直してもらうしかない、という人もいる。これは、一見、手っ取り早くていいと思えるかもしれない。しかし、これは諸刃の剣で、（太平洋戦争の）戦前のように軍部が強化され、また他

国を侵略して戦争を始めるような国の形が出来るのではないかと危惧される。

　現在、ここで芥川龍之介の先生が唱えた「武士道」を教育に取り入れるという秘策を打ち出してみたらどうだろう。

僕は魚くん

　僕は魚くんで、名前はフロウという。浪間に浮かんで漂う浮浪魚なんだ。浮浪者じゃないよ。真面目に生きてるんだから。ぷかぷか浮いてるけど、ぶらぶら暮らしているわけではない。

　こうしているのは、プランクトンやいろんな魚の卵がプカプカ浮いてるからなんだ。でも、暇に任せて食べてるってわけではない。周りにはたくさんの小魚が泳いでる。僕も小魚だけど、小魚の中では、中ぐらいだ。僕だけでなく、僕よりもちっちゃい魚も海面近くで暮らしているのにはわけがあるんだ。それは餌（えさ）がたくさんあって、取りやすいからなんだ。

　でも、いいことばかりじゃない。海の中は危険がいっぱいだ。僕を食べようとする大きな魚が下から襲ってきたりするし、大きな船が上を通った後にはデッカイ網がビックリするような速さで僕らを一網打尽にしようと襲ってくる。怖い魚から身を守るの

は、海の深い所より浅い所のほうがいいんだけど、網に引っかからないようにするのにはできるだけ深い海がいい。ここがハムレットの "To be or not to be" っていう人間の問題が魚にもあるってわけなんだ。

　海の浅い所のほうがどうしていいのかって言うと、僕らは空が晴れていると体を透明にしてお日様の光を体の中に通して、僕らの存在を消して、敵の目をごまかすことができるんだ。僕だけの特技ってことじゃない。魚はだいたいみんなそれができるんだ。黒装束で暗闇に隠れる忍びの者の魚版みたいなものだ。要するに、僕らは海の忍者なのさ。

　厄介なのは、空が晴れていたと思ったら、急に雲が通り過ぎて、お日様を隠してしまう時なんだ。そんな時には、僕らは体の色を周りの海の色に変えなきゃならないんだ。変えられるのはお腹の色だけだから、敵に見つけられないようにするには、どうしても敵より上にいないとだめなんだ。

　でも、こんな技は自分で考えたわけじゃない。生

まれた時から自然に僕らの身体に備わっている。遺
伝子だってことだ。でも、僕の祖先はどうしてこ
んな中途半端な改良で止まってしまったのだろう。
きっと、これからも改良や進化を続けていくはずだ
から、いずれは、体の上の部分も下と同じように敵
には発見されないような色になれるとは思うけど、
今の僕らにはそれができない。自分で操作して自分
の遺伝子を変えるなんて魚は、まだ存在しない。

　変な科学者に遺伝子操作されて、僕達の遺伝子と
ゴキブリとかカマキリとかと混ぜ合わされたりした
ら大変だ。なんかの野菜が腐らないようにと、クモ
かヘビかなんかの遺伝子を組み込まれたっていう話
を聞いたことがある。

　僕は、そこまでして自分の子孫が生き残ることに
躍起にならなくてもいいと思ってる。きっと、麦
だってイナゴに食べられたくはないけど、ゴキブリ
と結婚したいなんてわけがない。金儲けを企んでい
る人間の貪欲さが自然界を壊しているんじゃないか
なあ。地球に生命が生まれてから弱肉強食の世界が

繰り広げられているし。きっとウィルスの世界でも昔のコロナ・ウィルスよりも新型ウィルスのほうがバージョン・アップしているのだろう。コウモリの遺伝子と関係してるのかなあ？

　地上の世界も海の世界も、弱肉強食は同じだ。どこかの国で、原子力の汚染水を海の水で薄めてから海に流したらいいと言っている。海に流す前に「海水で薄める？」何という子供だましのようなまやかしだろうか。よくそんな詭弁が恥ずかしげもなく言えたものだ‼ そんなのは原液を流して海水で勝手に薄まるのを待つのと同じじゃないか。それに、僕ら魚を馬鹿にするのにもほどがある。

　だいたい、そんなことをして魚を毒したら、魚をナマで切り刻んで、喜んで食べるその国民は、人体に悪害をなす放射能を自分で撒いて自分で食べることになる。自業自得だし、天罰だ。

　僕は、普段は海面近くを泳いでいるのに、気晴らしに海の深くへと潜っていくことがある。200メートル潜ると、光の量は1/100ぐらいになる。もっと

深く潜って光の届かない所に行くと、ゆらゆらと揺れる藻や発光している魚がいる。僕はそんな閃光を眺めるのが大好きなんだ。陸の上でも発光生物はいるという話を聞いたことがある。陸では、例外的に白や赤く光るホタルはいるけど、普通は緑色が多いらしい。それは陸地には緑が多いからだ。海でも、ホタルイカは白いけど、圧倒的に青色が多い。陸地と同じ理由から、海では青色なのかもしれない。

　発光生物は光ることで体内の酸素を燃やして、不要な酸素を体外に排出するんだ。その機能を使ってうまく狩りをしたり、自分の身を守っている。光の量に合わせて薄く光ったり、照明弾のように光を爆発させたりして、敵に目つぶし弾を発して、その隙に姿を闇にくらませたりしている。

　僕が今までで一番びっくりしたのは、岩場に咲いている光るサンゴか藻だと思っていたものが、急に動き出した時だ。最初は、根が岩場から離れて流れ出した植物だと思っていたのに、その枝が奇妙な動きをして踊り出したことがある。とてもサンゴとか

藻の動きとは思えない。魚に似ているわけでもない。もしそれが魚なら、魚の骸骨だ。骨ばかりで身がどこにもない。蟹も気持ちが悪いけど、いったいこれは何だろう？ これにはどこにも口らしいのがないから、僕は食べられる心配はないのでちょっとは安心だが、その踊っている骨のような足？枝？で突き刺されて死ぬかもしれないから、近寄らないようにする。さらに泳ぎ続けると、ゆっくりとフグのような魚が提灯のような光を頭の前に掲げて、のらりくらりと泳いでる。光で餌を呼び込んで食べるんだ。深海探検は危険がいっぱいだけど、おもしろいからやめられない。

人種の転換

　岩倉具視を全権大使とする使節団が明治4年にアメリカ、イギリス、フランス、ベルギー、オランダ、ドイツ、ロシア、オーストリア、デンマーク、スウェーデン、イタリア、スイス各地を回り、ワシントンでグラント大統領、ロンドンでヴィクトリア女王をはじめ、各国で大統領や国王に謁見した。

　この一行に従った久米邦武が報告書を執筆し、編集したものが『米欧回覧実記』として残っている。その報告書に次のような一節があることを田中彰氏の『明治維新と西洋文明』という本で教えてもらって、今日一日、気分良く過ごせそうである。

　ヨーロッパ人種は、「情慾の念熾（さか）んに、宗教に熱中し、自ら制御する力乏し、略言すれば慾深き人種なり」、対するアジア人種は、「情慾の念浅く、性情を矯揉するに強し、略言すれば、慾少なき人種なり」と対照的に表現する。このことが東西洋の「政

治の主意も相反」するということにつながる。西洋が「保護の政治」であるのに、東洋は「道徳の政治」だというのである。「慾深き」西洋人は、自らの欲望を達し、「快美の生活をなすの一念」を貫くために、「自主の権」を主張するのに対し、「慾少なき」東洋人は、「自主孤立の気性、自ずから一般に乏しい」、という。

　少々違いを強調しすぎる面はあるが、人種というか、人種がつくり出した文化の本質をついているようで心地良く響く。
　昨今の日本人の若者が、異常気象か情報過多か何かの要因で「ヨーロッパ人種」に変質したと思えば、日々腹を立てることも少なくなるに違いない。

おきあがりこぼし

　会津藩の歴史を調べている際に気が付いたことがある。会津漆器や赤べこはぼんやりと知ってはいたが、「おきあがりこぼし」が会津の名産であるのを初めて今日知った。子供の頃から耳から聞いて、知っているつもりでいたが、70歳を過ぎて初めてそれを漢字で見た。「起き上がり小法師」である。ということは、本来は「こぼうし」、それが訛って「こぼし」になったのだろう。

　子供の頃におきあがりこぼしが家にあったので、それで遊んだ記憶はあるが、すぐに飽きてしまって知らないうちに行方不明になっていた。

　本来これは玩具ではなく、会津地方の縁起物で、十日市の初市の縁日である1月10日に家族の人数より1つ多い数を買って、それを1年間神棚に飾っておいて、家族の無病息災を祈るものであった。余分の1つはその1年のうちに家族がもう1人増える

ようにとの願いが込められていた。

　16 〜 17 世紀に、元は織田信長の家臣であった蒲
生氏郷*が藩主となり、下級武士の内職として作る
ようにと彼によって発案されたこの人形は、不屈の
精神を表す「七転び八起き」の織田信長のだるま信
仰に倣ったものだ。このことからも察せられるよう
に、明治の暴力革命によって「賊軍」のレッテルを
貼られて無残にも敗者となった会津藩士の心意気で
もあった。

＊蒲生氏郷は織田信長に敗れた近江の六角氏の重臣
　であった蒲生家に生まれたが、敗戦により、氏郷
　は信長に人質として出された。信長に眼光の鋭さ
　が「只者にはあるべからざる」と将来を嘱望され
　て、次女の婿となっている。本能寺の変で信長が
　自刃した知らせを受けて、信長の一族を守って安
　土城を脱出している。後に、キリシタン大名とな
　り、会津藩では領民に改宗を勧めている。信長亡
　き後、豊臣秀吉の家臣となるが、秀吉には心服し

ていなかったようである。姓の蒲生は近江の蒲生
郡に生まれたからであり、秀吉により会津黒川に
移封されて、故郷にあった「若松の森」からその
名を取り、会津若松と地名を変えている。40歳
という短い生涯だったこともあり、名はそれほど
知られていないが、千利休の高弟でもあり、文武
両道に優れた武将であった。辞世の句は次のもの
である。

　かぎりあれば　吹かねど花は散るものを
　　　　心みじかの春の山風

（花の命には限りがあるのでいつかは散ってしまう。
それなのに、春の山風はどうしてこんなに早く花を
散らせてしまうのだろう）

日本語と品性

　言葉の乱れは文化の乱れである。ヒロウ氏は残されたわずかな余生を、日本をもうこれ以上、下品な国にしないために、正しいと思うことを遠慮なくズバズバ語ることに決めた。言葉の乱れは、社会の乱れを作る。正しい社会をつくるためには、まず言葉を正しくしなければならない。

　老人介護施設での会話を聞いてみよう。「おばあちゃん、血圧ですよ。測りましょうね。おじいちゃん、お散歩の時間ですよ」と、老人さえ見れば、前後の見境もなく、おじいちゃん、おばあちゃん、である。言っている本人は、親近感を込めて尊称のつもりで言っているのかもしれないが、呼ばれた人の中には蔑称だと感じる人が多い。名前で「〜さん」と呼ぶほうがいい。

　新しい電子機器を買って、使い方がよく分からないので、サポート・センターに電話で聞いてみた。

電話の相手は次のように聞いてきた。

「ディスクに CD は入ってらっしゃいますか」

　これを聞いてヒロウ氏は、ディスクの中を不思議そうに覗いてみた。これはよっぽど程度が低い教育レベルの人間に相違ないが、そうした連中が増えている。

　これを書いている最中に車のセールスマンから電話があり、台風が接近中なので、予約した車の明日の点検は警報が出ていればキャンセルになる。警報が出なければ営業するから、予定通り予約の時間に来てほしいという内容だった。その際に、そのセールスマンは「警報があればお電話します。僕のお電話がなければ店に来てください」と話した。

「僕のお電話？」

　日本語の敬語には、丁寧語、尊敬語があり、謙譲語がある。それらを混同して使う若者が増えている。

　大学の4回生のゼミで、生徒に「センセー、わたし、敬語なんて使ったことないねん。就職面接で困るし、教えてくれへん？」と頼まれた。生前のムロ

ウ氏は考えた。授業のために、明らかに上下関係の
ある人物２人の会話を英語で作り、それを「下」の
者は「上」の者に敬語を使って訳させることにした。
普通に訳した場合には状況が理解できていないとい
う理由で誤答とした。また、ムロウ氏は自分に対し
てため口ではなく、敬語で話させ（当たり前のこと
であるが）、授業中は生徒同士は丁寧語で話すこと
にさせた。さらに、敬語の会話体を含んだ日記を書
かせ、それを英語に訳させる課題を出した。

　期待通りにはいかなかったが、それでも、少しは
敬語が使えるようになり、敬語を使っている時は、
なぜか性格が優しくなり、品性が向上してきたので
ある。

「言葉はどんどん変わるものだから、英語も敬語
なんかないんだ！　敬語なんていらないんじゃない」
という愚かな人間がいる。言われるまでもなく、言
葉は時代によって、社会によって変わっていくのは
当然のことである。但し、耳に不快な言葉で話すの
ではなく、耳に、心に、心地良く響く言葉で話すよ

うにしたい。それに、「英語に敬語がない」という
のも正しくはない。

　草柳大蔵氏が「今の日本人のコミュニケーション
が薄っぺらになっている」と語った。これには敬語
が使われなくなっていることも含まれているに違い
ない。

　バーナード・ショー（1856-1950）というイギリ
スの劇作家が、舞台でBloody という言葉を女優に
使わせた。これは、その時代の品性のある女性が使
う言葉ではなかった。Bloody は最今の Fuck という
言葉と同じ意味で使われ、「クソッタレ！」という
表現だった。今日では、英米で両方の言葉を耳にす
るし、アメリカの映画には頻発する。今は、英語を
使うことがあたかもカッコイイ、西洋的で「クー
ル」だと思っている若者がいるが、正気の沙汰とは
思えない。

　阪神タイガースの選手が、これも気が狂ったのか、
上下とも黄色いユニフォーム姿で、その広告文が英
語のスペルのまま、「We are the One for the Top!」と。

メジャー・リーグでもあるまいし、誰に対する広告なのか！「純正」のタイガース・ファンなら、きっと何のことか分からないはず。こんな広告はやめるべきだし、英語の浸透は極限まで減らしたいし、英語の汚い言葉が日本に入ってくるのは絶対に阻止したい。

　グローバル化という「美辞」にうっかり乗せられて、むやみに英語を使うのはやめよう。日本文化を、できるだけ大切に守り続けよう。日本の心、日本のきれいな言葉、日本の品性、日本の美意識を堅持したい。

ある女性（AJ）への便り

　私が日本による朝鮮や台湾の植民地化の話をすると、AJ は「台湾の人達は日本に占領されていても、中国なんかに支配されているよりも幸せだったというような話を聞いたことがあるんだけど」と言った。

　日本が「意図的に作り上げた情報」に騙されてはならないと叱り、それを実証するために書いて送った文章をここに挙げる。

　イギリス人の中に、アイルランドはイギリスが植民地にしたおかげで豊かになったし、彼らを世界共通語の英語を話せる国民にしてやって、アイルランドに多大な貢献をしたのだと言う傲慢な人々がいる。豊かになったのは、アイルランドに入植してきたイギリス人とスコットランド人であるのに……。

　これと同じように、日本は台湾を植民地にして、疫病を治し、アヘン患者を減らし、ダムを建設し、

火力発電をし、米を改良し、台湾の人々を豊かにしたのだと言う人がいる（植民地などにせず、純粋な奉仕、援助活動なら話は分かるが……）。

　台湾で私より高齢の方々（私より10歳ほど年上の人達から長寿の方々）は日本語が話せた。どうしてなのか。アイルランド人が英語を話すように、日本が強制的に日本語を習わせたからだ。アメリカが、日本の学校において日本人の心の根幹をなした武士道からくる「修身」を廃止し、歴史教育を無くした。ここで、さらに日本語を禁止して、学校ではすべての科目を英語で教えていたらどうなっていただろう。今の子供達が英語の学習で困らないからいい？　馬鹿なことを言ってはなりません。高度な日本文化が低俗なアメリカ文化によって汚濁化されるだけだ。「アメリカ文化」？　そんなものが果たしてあるのだろうか。

　American Dream?　お金持ちになること？　それが文化？

　文化とはいったい何なのか、その定義は何かと広

辞苑を引いて調べてみた。そこには 3 つの定義が書かれている。

（定義 1）文徳で民を教化すること。

　関ヶ原の戦いの 41 年後、岡山藩主池田光政が創った花畠教場から始まり、日本の各地に藩校が設立されるようになった。会津藩の「日新館」、彦根藩、佐賀藩や水戸藩の同名の「弘道館」、萩藩の「明倫館」や米沢藩の「興譲館」、岡山藩の「閑谷学校」などを初め、18 世紀の後半には 255 校の藩校が日本各地に創られた。

　奈良時代や平安時代には寺院を中心に教育機関の役目を担っていたし、江戸時代に入り、商工業の発展に伴い、実務教育が盛んとなり、京都、江戸、大坂などの商業の中心地から寺子屋が起こり、17 世紀末になるとこれが農村部にも広がり、18 世紀から 19 世紀に入ると著しく増加し、寺子屋は職業経営となり、一般庶民の教養の向上に大きな役割を担っていた。

アメリカでは、清教徒のイギリス人が入植した17世紀の半ばに、ニューイングランドの地域では、聖書を中心に読み書きが重視され、マサチューセッツでは初等教育の学校が設立されているが、アメリカ全土、特に南部地域の教育制度は遅れていた。全国的に公共教育が行きわたり始めたのは、南北戦争が北軍の勝利で終わった1865年以降である。（明治維新のたった３年前！）

　戦後の日本の義務教育を考えると、「文徳」の「文」の定義がよく分からないのだが、「識字」のことだとすると、それは学習したが、「徳」というものが徳育教育だとするなら、それは教わったという覚えがない。

（定義2）世の中が開けて便利になること。文明開化。

　これが文化だとしたら、アメリカは超文化国ということになる。事実は異なるのだから、広辞苑はこの点で間違っている。

（定義3）culture

　人間が自然に手をくわえて形成してきた物心両面の成果。衣食住をはじめ科学・技術・学問・芸術・道徳・宗教・政治など生活形成の様式と内容とを含む。文明とほぼ同義に用いられることが多いが、西洋では人間の精神的生活にかかわるものを文化と呼び、技術的発展のニュアンスが強い文明と区別する。

「西洋では」と地域を限定してあるのが気になるが、これはおおよそヒロウ氏の思う「文化」と同じである。明治時代に行われた近代化のための西洋に追いつけというような富国強兵のための強化政策は、文化改革ではなく「文明開化」なのだから、それで間違ってはいない。間違っているのは、明治政府が江戸時代の文化を維持、継続しようとしなかったことである。

（では、話を戻して、台湾について続ける）

まず、台湾総督の2人目は桂太郎。長州出身の軍
人で後の総理大臣。桂の義父は井上馨（高杉晋作の
部下）である。総督の3人目は乃木希典（長州の
支藩の長府［下関］出身の軍人。日露戦争の英雄）。
共に、山口県。なぜ軍人が総督になったのか考えて
みよう。それは台湾における抗日闘争の鎮圧である
のは明白だ。実際に台湾各地で武装蜂起があったし、
最大の規模のものは台南で発生した西来庵事件だ。
10ヶ月にわたる鎮圧作戦で2000人近くが逮捕され
て、100人ほどが処刑された。
　台湾総督府は土地の権利が明確でない所を国有地
として接収する政策をとった。原住民の社会では伝
統的に「個人による土地の権利所有」という概念が
なく、集落ごとの共有地のような形で農業や狩猟を
行っていたため、実質は、総督府によって土地を不
当に奪い取られたのだった。大自然の土地は「（大
自然の）神」から授かったみんなの共有財産だった
アメリカインディアンの土地が、白人に奪取された

のと同じである。

　あなたが、インディアンか、台湾の娘だったらどう思いますか。

　また、日本側が企画した土地開発などの土木事業に原住民を強制的に従事させたりした。これも日本に対する敵愾心を高める原因ともなった。さらに、日本人警察官の理不尽な暴行という事件によって、台湾の人達の鬱積した不満がついに爆発し、台湾人が日本の多くの駐在所を襲撃した後、ある学校で行われていた運動会を襲い、日本人を約 140 人殺傷するという事件が発生した。

　これに対し、台湾総督府の命令により、日本軍と警察が大砲と機関銃、爆撃機、催涙ガスなどの近代兵器を容赦なく投入して、抗日蜂起を武力制圧した。反乱勢力側の死者数は千人近くになったと言われている（台湾の統治が日本政府の思い通りにいかないことに業を煮やした国会では、台湾をフランスに売

却してはどうかという意見も出始めていた。何ということですか?! よその土地を取っておいて、そこの住民の反発が手に負えないから、他の国に売り渡そうとは‼)。

　日本統治時代の台湾には、官僚や警察官、商工業に携った者を中心に、大勢の日本人が移住していて、その数は1905年の約6万人から1927年には20万人に増加していた。しかし、文化の違いなどに起因する紛糾や摩擦は、日本人と現地の住民の間で繰り返し発生していた。

　どこかの国民が文化も言語も違う他の国に支配されて、「幸せ」になれるなんてことは絶対にない。それは支配した国の人々が自分勝手な解釈付けをしているにしかすぎない。

　そうではありませんか。納得してもらえましたか。

本来の通信教育

　お盆休みである。祖霊がご帰還されている時に、毎年、ある女性（AJ）は家を留守にしてS大学で授業をしなければならない。ところが、今年は、このS大学始まって以来、初めてという通信教育のスクーリングが、「通信教育」になったのである。

　どういうことかというと、通信教育は通常レポート課題のようなものを定期的に受験生に提出させておいて、連休などのまとまった祝日の期間に、地方からの学生を大学に集めて授業をするのである。これがスクーリングと呼ばれ、通信教育での唯一の対面授業であった。

　ところが、学生のニーズに合わせた大学を標榜するS大学では、通常、受講生は仕事に追われて忙しく、レポート課題をする時間が充分にとれないからという理由で、提出課題の量を減らし、対面授業時間も徐々に減少させた。昔は朝から夕方遅くま

で、連続３日間、多くの生徒を大教室に集めて、80分授業を５コマ（１授業のことで通常90分）、即ち、１日７時間近く教えていたが、それでは学生さんが疲れ果ててかわいそうだから、というわけだけではなく、単位を与えるのにあまりに厳しくしていては、他に追随して通信教育を始めた大学との価格競争、「易さ」競争に負けるわけにはいかないので、市場原理がここにまで入り込んできて、「どこの通信制大学でなら、どれだけ安く、どれだけ易く、どれだけ早く、苦労もせずに」取得できるかという顧客のニーズに合わせての「レベルをどんどん下げなければならないというニーズ」が学校側に生じてきたのである。

こうなると誠実な教員は困り果てる。英語などほとんど分かっていない生徒に、中学校や高校の英語教員の資格を与えることになる。単位を与えないと文句を言ってくる、授業終了後の授業アンケートには悪意を込めて「ひどい誹謗中傷の書き込みがくる」という破目になる。これでは、まともな教員は

辞めていくだろう。誠意もなく、お金をもらってた
だ単位を与えるためにロボットのように教えている
教員だけが残り、「ていたらくな学校」になるのは
必至である。

　このコロナ禍のせいで、唯一の対面授業の機会で
ある３日間がオンライン授業に変更された。これは
本来の通信教育であるし、未来型の通信教育だとも
言える。受講生はわざわざ交通費と時間を使って学
校に来る必要がなくなるからだ。コロナ禍後の通信
教育は、実習以外すべてオンライン授業になるに違
いない。

追記
　ひと言付言すると、この通信教育のオンライン
（Zoom）授業で、フライドポテトを食べながら、あ
るいは、ペットの小型犬を膝に抱いたままの受講生
がいたことで、AJ は完全に教えるという気概を喪
失して、辞めてしまったのである。

半藤一利氏

　NHK ラジオには聞き逃しサービスがある。数多くの本を通してでしか知らない半藤一利という 19 歳も年上の人が、ラジオ深夜便で戦争について語っていたというのを知って、そのサービスを使って話し声を聞く機会を得た。退職後、半藤氏に日本の歴史における敗者の視点で物事を考察すること、事件の「裏面」を見る目を養ってもらった。幕末から始まり太平洋戦争までの破滅への道である。なぜそんな道を進んでいったのかがスッキリと分かり、半藤氏の本により大きな教示を受けた。

　明治時代が始まってから 152 年。ジョシュアには今、矍鑠（かくしゃく）とした百歳の叔父がいる。数年前までは、元気で百歳まで開業していた 107 歳の叔父がいた。このことで、ずっと幕末や維新は意外と現在に近いのではという気がしていた。それに加えて、夏目漱石や正岡子規は 1867 年、即ち、江戸時代の最

後の年の生まれだし、子規は 34 歳、漱石は 49 歳と
早くして世を去っているが、漱石の奥さんの鏡子さ
んは漱石より 10 歳年下で、亡くなられたのは 1963
年である。86 歳という高齢も今なら平均寿命であ
る。彼女は三橋美智也が張りのある声で歌う「怪傑
ハイマオ」を孫と一緒に歌っていたらしい。という
ことは、1960 年から 1 年間放映されていた番組の
テーマソングを、東京と京都と場所は違っていても、
私と夏目漱石の奥さんとが同時に歌っていたという
ことではないか。幕末の時代が、なんと自分と近い
か、というビックリするような話である。

　最近、幕末から第二次世界大戦にまで一直線に繋
がっている軍国主義の日本の歴史の流れをまとめた
いという気持ちがあったところに、半藤一利氏に大
いなる啓示をいただいた。半藤氏に勝る作品が作れ
るとは思えないが、教えてもらったものを生かして、
自分なりのものを作ってみたい。

「戦後」生まれだったのに、どういうわけか、「戦
前」ではないかと思う昨今の日本や日本の周辺の政

治や社会の動きを見ていると、人間の飽くなき欲望、国家という大きな利権団体によって、「戦争」が起こることが分かる。高邁な理想を描こうとも、一人ひとりがしっかりと歴史を学んでそれを将来に生かす覚悟がないと、そう簡単に平和を維持できるものではないことも分かる。

　問題は、片一方の国が平和を願っていても、他方が攻めてきたら平和は存在しえない。近代的な武力を持たなかった朝鮮が、ロシアに、中国に、そして日本に蹂躙された歴史を見ると、武装して国家を守らねばならないと思える。また、日本のように軍隊が権力を握って国民に有無を言わせず戦争に駆り立てたような国家であってはならないし、なかなかバランスを取るのが難しい。困ったことだ。

　最後は人間教育に尽きるのではないかと思う、この頃である。

　話を元に戻して、聞き逃しサービスで聞いてみた半藤一利氏のことを付け加えると、予想通り、誠実

でユーモアのセンスもあり、謙虚で自己顕示欲もな
い、ヒロウ氏が自分がそうありたいと願う（少し誇
張はあるものの）理想像にかなり近い人物である。
著作に関しても師匠のようだし、人生の先達であ
り、このような人と現実世界で知り合えたら、芭蕉
に従って奥の細道を歩んだ曾良（密偵？）のように、
道を間違えずに進んでいけるのにと思える。

　小泉八雲の研究をしている時に、平川祐弘先生に
同じ感情を抱いたが、これで２人目である。実際に
出会って教えを受けられれば最高だが、本だけでな
く、最近は他の媒体を通しても、学びの側が求めれ
ば、教えの側の先生が意外と近くにいてくださると
いうことがある。半藤氏の聞き逃しサービスは２日
に渡ってあったので、昨日、今日とこちらも２日に
渡って聞かせてもらった。

　お父さんと共に機銃掃射にあって辛くも命拾いを
したこと。終戦から４年後に生まれた私は、実際に
そのような体験はないが、若かりし頃に見た『禁じ
られた遊び』の子供の両親が共に機銃掃射にあって

死んでしまったシーンが瞼に浮かぶ。

　そして、中学生だった半藤氏は、終戦を境にして、大人の態度がコロッと変わってしまったことで、大人への不信感、節操のなさを痛感する。

　番組の最後のほうになって、「マッカーサーが来て、日本の教育から『修身』は外され、「歴史はいかん、地理も」ということになって、日本の教育はガタガタになったと半藤氏は語っている。

「修身」を広辞苑で調べてみると、

① 自分の行いを正し、身を修め、整えること。

② 旧制の学校の教科の一つ。天皇への忠誠心の涵養を軸に、孝行・従順・勤勉などの徳目を教育。1880年（明治13年）以降に重視され、終戦後、マッカーサーによって廃止。

　①なら廃止する必要はない。復活し、それを推奨して、励行すべきだ。

　②の問題点は、「天皇への忠誠心の涵養を軸に」

という点であろう。徳川幕府を『錦の御旗』のご威光を表看板にして倒し、暴力革命によって明治政府をつくり上げた薩摩、長州、そして岩倉具視らの思惑と、大村益次郎や板垣退助が考えた国民皆兵制度と、日本人の「従順」さがあい交じり合って、とんでもない国家になってしまった。二・二六事件がなかったならば、東条英機がいなかったなら、と思ってももう取り返しがつかない。

　勝者アメリカが取った政策に、悔しいことだが、敗者である日本は何も言えない。幕末の会津藩のようなものだが、それよりは少しはましかもしれない。会津では、会津側の死者の埋葬は新政府軍により禁止されていた。同じようなことが、鳥羽伏見の戦いの後でも起こっていたらしい。会津小鉄は敢えて会津の死者を弔った。これが「任侠心」なのか。

　半藤氏は、敗戦の玉音放送を聞いて、日本男児はすべて奴隷船に乗せられて、アメリカに送られ、奴隷にされて、鉄の足かせを付けられてプランテーションで強制労働をさせられると思ったと語ってい

る。それを思えば、アメリカの取った態度は、米兵の婦女子暴行を無罪にしたり、御巣鷹山の日航機墜落の原因を作ったりしたこと（？）を除けば、大英帝国時代のイギリスよりもまだましかもしれない。

　しかし、時代は流れ去り、事実上戦争を知っている世代が80代以上になり、その孫達が大学生となった。一時期、半藤氏は女子大学で教鞭をとったことがあった。ある日、学生に四択のクイズを出して、問うたというのである。

　クイズは「次の4つの国の中で日本が戦争をしたことのない国はどこですか？」というもので、

　　　（い）アメリカ　（ろ）ドイツ　（は）オーストリア　（に）ロシア

［いろはに、で問う四択が「いいね」、だ。］

　正解は当然、（は）だ。それなのに、多くの生徒が（い）と答えたというのである。半藤先生は生前のムロウ氏ならそう反応するように、「これは生徒がふざけて書いているのだ」と思った。

　一人の学生が手を挙げて尋ねた。

「先生、そのアメリカと日本の戦争、どっちが勝ったのですか？」

　ウソのような本当の話である。半藤氏は、教壇でひっくり返りそうになったのである。それから、半藤氏は日本には歴史教育が欠けていると思い、さらなる著作を続ける意欲を燃やしたそうだ。

病院待合室のヒロウ氏

　ヒロウ氏は数年前に、次男のジョージと旅行に行った。ヒロウ氏の「生まれ故郷ロンドン」である。この生まれ故郷というのは、まゆつばものである。出生地は京都なのだから、生まれ故郷がロンドンのはずがない。京都に決まっている。では、なぜロンドン生まれだなどと詐称するのかというと（本人は偽りのつもりではないのだが……）、肉体は京都で生まれても、初めて親元を離れ、青春時代をロンドンで過ごし、そこで一人の人間として自立したことで精神はロンドン生まれだと自負していた（退職を機にもうそんな妄想に囚われることもなく、いったいどこの馬の骨とも知れない存在と化していることを自覚しているヒロウ氏ではあるが……）。

　そのロンドンのホテルの一室で、朝にジョージがヒロウ氏に言った。

　「俺、今までいろんな人と旅行に行ったり、山に

行って山小屋とかに泊まって、いびきにはまあだい
たいどんなひどいもんでも慣れてるけど、おとんの
はあかんわ。あれはちょっと無理。絶対に無理！」

　ヒロウ氏には何のことか分からない。

「ガーゴーみたいなんじゃなく、あれは悲鳴やね。
何か首を絞められた鶏とかが息ができずにもがき
苦しむとか、水の中で溺れかけて苦しんでた人が、
やっと息ができたみたいな。あんな『ヒィ〜ッ』っ
て地獄の底から出すみたいな声を一晩中やられたら、
もうホンマに死ぬんちゃうかと思て、気になって寝
られへんかった」

　ヒロウ氏は帰国して、身体の故郷にある、手短か
に言うと、近所にある、若井医院に駆けつけた。そ
こで、医者に無呼吸症候群の検査をしている大病院
を紹介された。一晩中、心臓、腹部、頭、腕や至る
ところにワケの分からない線や管をつながれたまま、
病院に素泊まりという破目に陥った。

　結果は、やはり無呼吸症候群と診断された。一晩
で、無呼吸状態が137回。最長で息をしない時間の

長さが1分27秒。こんなに長い間呼吸をしなくて死にかけていると息子に言われているのに、その症候群患者としては中程度の症状らしい。

　試しに、腕時計の秒針を見ながら息を止めてみた。数回試したが、20秒ほどが限度である。もうそれ以上は苦しくて耐えられない。自分のことではあるが（寝ている時とはいえ）、よくも1分30秒近くも息を止めていられるものだと感心する。寝ている間なら、海に潜る「海女」になれるかもしれない（まあ、その前に性転換をしてからということになるが……）。

　無呼吸が意識のある時に起こるのなら、気の付けようもある。それに努力もできる。しかし、眠ってしまっていては、意識がないのだから手のほどこしようがない。ヒロウ氏の症状は正式には「睡眠時無呼吸症候群」と呼ばれるとのこと。英語ではSAS（Sleep Apnea Syndrome）だ。「睡眠時」と限定するからには、睡眠時ではなく、目を覚ましている時にも無呼吸になる人がいるということなのだろうか。

そんな人は、まあいないだろうと思って医者に尋ねてみると、それがいるとのことだ。「覚醒時無呼吸症候群」というらしい。寝ていても起きていても、どちらにしても、厄介な病だ。起きていてもそんなことになる人は、どうしてなのだろう。息をするのを忘れるぐらい何かに没頭しているからなのだろうか。しかし、息苦しくなれば覚醒時なら分かるはずだが……それさえも忘れるほどの集中ぶりなのだろうか。それともただボケて、息をし忘れているだけなのだろうか。

　日頃、誰しも自分が息をしているかなど気にもしていない。そんなことをいちいち気にしていたらノイローゼになってしまう。無呼吸症候群という「病？」は、「生きている」ということについてヒロウ氏に考える契機を与えはしたが、問題の解決の糸口はどこにもない。

　救急治療室で重篤なコロナ患者がエクモのお世話になったり、危篤状態の患者がするような酸素マスクを装着すると言えばいいのか、アクアラングを着

けたダイバーに変身すると言えばいいのか、あるい
は、船外で宇宙遊泳する飛行士に余儀なく変身させ
られると言えばいいのか分からないが、唯一の救済
方法は一夜あたり160円ほどの装置で、普通の人間
が寝ているような姿とは到底思えない寝姿に身をや
つしての睡眠である。
　「装置の着け心地は？」
　「きわめて悪い。息苦しい」
　この装置は息をし忘れている時に空気を肺に送り
入れてくれるのだろう。無呼吸で酸欠となり、体の
あちらこちらの細胞が死滅していくことを防げるし、
脳の退化の進度を遅らせることもできると期待して
装着することにした。目覚めてキリキリと痛む後頭
部の頭痛に悩まされる回数は確かに減少したが、花
粉症の季節と汚い部屋のハウスダストでよく鼻が詰
まる。その詰まった時に急速に送り込まれる加速度
のついた空気は、行き場をなくす。すると、アメリ
カ製の初期の白黒動画のキャラクターが耳から空気
をラッパのように吹き出していたが、全く同じよう

になり、耳が痛くて飛び起きる始末だ。

　これを解消するために、ナノ空気清浄機を買う破目になったのだが、それがどういうわけか効き目がない。プラズマクラスターでもだめ。花粉の季節になると装着できるのは1時間以内。それでも着けて寝ることにする。しないよりはましかと継続し、月に一度医者に通う。睡眠時無呼吸のために装着しているスリープメイトという器具のレンタル料の月額の支払いと、その装置にはめ込まれているSDカードの交換、そして前月の無呼吸回数、リークの数値などの結果を知らされるのである。知らされてもどうしようもない。

　今日は、月に一度の診察日の月曜日である。月曜の朝早くは老人達で混雑が予想される。そこで、診察が終わる正午の半時間ほど前に病院に入った。まだ診察を待っている患者が一人いる。ヒロウ氏の後に、もう一人、年老いた女性が入ってきた。その女性が、先に来て座っている女性を見つけて声をかけた。

「あれ、田岡さん。久しぶりやね」

「本山さん、ほんまやね。どうしやはったん」

　今入ってきた本山という、「中級レベル」のお婆さんは、ヒロウ氏の前を通って田岡という「上級レベル」のお婆さんの隣に座った。

「私、今日入れ歯忘れてきて、メガネも忘れてきて、あんまりよう見えへんし、しゃべれへんの」と、田岡さん。

「それは困りましたなあ。長いことお見かけせえへんかったけど、体の具合でも悪うおしたん？」

「私ね、病院に入院してて……」

「どうしやはったん？」

「半年、入院続きで」

「へぇー、半年も」

「最初は乳がんで、それから子宮がんで、こないだまでは大腸がん」

「続けてどすか。でも、元気そうどすがな」

「そんなことおへん。半年で15キロも痩せて、いまは36キロ」

「えらい痩せはったなあ、そりゃ！」

「子宮って、私は見てへんけど、3.9 キロやったって息子が言うとりましたわ」

「へぇ、そんな重いもんどすか」

「もう体ガタガタどすわ。白内障の手術もせなあきませんし」

「おいつくにならはったん？」

「もう 90 どす」

「90 にはとても見えへんわ」

「あんさんは？」

「私は、今、84」

「若うてよろしおすな」

「ちっとも、若いなんてことおへん」

　ここは、なぜか若井医院という名である。父親の病院を引き継いだ若先生は確かに若い。

「でも、肌がつやつやしたはる」

「これどすか。嫁が T 製薬の美容液を買ってくれて、それを毎日つけてたら、ちょっと皮が柔らこうなって、皺が薄うなってきたみたいですねん」

「よう効く薬どすな」

「嫁も、きれいになったって言うてくれますねんや」

「それで、今日は、どこがお悪いんどすか」

「足のリューマチどすねん。前に毎週マッサージしてもろてたんやけど、そんなん自分でもできると思て、やめたんどす。やめる時に、やっぱり自分ではせえへんのと違うやろかと思とりましたら、やっぱりせえへんで、こんなことになってしもて。続けといたらよかったと思うとりますねんや……」

「痛とおすのか？」

「関節がこわばって歩けへんのどす。正座ももう無理どすし……」

「それは、大変どすな」

「それに、体中痛おして、先月、足が痛うてお風呂は入れへんて言いましたら、息子がお風呂で死なれたら困るし、お風呂なんか入らんでもええて言いますねん。これでもう１ヶ月お風呂に入ったことおへん。この頃はシャワーばっかりどす。味気のうおす

わ」

「電気代もかからへんどすし、それでええんと違います。こないだ、吉田サエさん、知っとうおすやろ。お風呂で脳溢血で死なはったって話。私、お風呂でだけは死にとうないさかい、下着つけてお風呂に入ってますねん」

「なんでどす？」

「そやかて、恥ずかしおすやんか。裸で死んでるなんて」

「そら、そうどすな……」

　若い若井医師がドアを開けて呼んだ。

「田岡さん！」

　本人は気が付かない。

「田岡さん、先生が呼んだはりまっせ」と、本山さんが田岡さんの肩をそっと叩いた。

「耳が遠なってきて、あきまへんわ、もう」

　田岡さんはゆっくり立ち上がって診察室に向かった。ほとんど同時に、本山さんは受付窓口から看護師に呼ばれてそちらに向かった。2人の歩き方にヒ

ロウ氏は自分の近い将来の姿を重ね、心で手を合わせて祈った。

「この２人の女性に、痛みのない安らかな日々が訪れますように！」と。

　それにしても、日本女性の最期まで身だしなみに気をつかうその心遣いには感服する次第である。

ウルフ学会

　ウルフ学会というのは、野生狼研究会ではない。20世紀前半のイギリスのモダニズム女性小説家ヴァージニア・ウルフ（1882-1941）の学会である。

　ヒロウ氏は物好きである。自分の専攻はイギリス・アイルランド演劇で、そのことについても碌な知識すら持ち合わせていないのに、覗き見趣味で他の学会に首を突っ込んだりする。お門違いも甚だしいが、本人は気楽なものである。5百円を払えば誰でも参加できる。

　行ってみると、可愛い女子大学院生の論壇での発表が終わりかけている。何の話だったのか全く見当がつかない。すぐに質疑応答の時間になった。

　すると、待ってましたとばかりに、ショートカットで一見男か女か識別不能で、中年と老年の境をヨタヨタと行き来しているような野生人間が、手を挙げて発言を始めた。

「君は……のことが分かっているのか！」ときた。太い声だが女声である。きっと女に違いない。でも、「君は！」というのだから、女であろうはずがない。胸の膨らみもない。女のような声を出す男とも思える。学問に対する興味ではなく、また別の興味が湧いてくる。いったい、この人物は男なのか女なのか？

「君」は、「尹」という聖職者の意味と、「杖」を意味する文字の合体である。「君のキ」はイザナキノミコト（成り余るところある）の「キ」であり、「君のミ」はイザナミノミコト（成り足らざるところある）の「ミ」である。「愛しき尊敬する人」という意味だから、「キ（男）」であろうが「ミ（女）」であろうが、女子学生に使って間違いではない。

　しかし、今は『古事記』の時代ではない。フェミニストが社会を席巻しようとしていた時代も過ぎ去った。教師が聖職者であったのも遠い昔の話となった今、やはり年増の女が、年下の者が男であろうが女であろうが「君」と呼びかけるのは時代錯誤

も甚だしい（まだ女と決まったわけではないが、ど
ことなく言い方や言う内容が「ミス・ユニバース」
コンテストに女を見せモノにして女を愚弄するもの
だとしてコンテスト会場に乱入した女達に似ている
から、とりあえず女としておこうと決めたヒロウ氏
である）。

　休憩時間になった。甲賀流の探偵趣味のヒロウ氏
は感づかれないように猿飛佐助のごとく、この「イ
ケスカナイ君<ruby>君<rt>きみ</rt></ruby>」の後をつける。やっぱり。いくら男
ぶっても、行くのは女性用トイレだ。バカバカしい。
　結局は、ありきたりの構図である。イヤミな年増
の女ボスが30歳前後の可愛い女子大学院生の論文
発表をこき下ろすのである。アドバイスをするとい
うより、自分が男にモテなかった若い頃の恨み辛み
を、誘<ruby>誘<rt>いざな</rt></ruby>ってくれる男があまたいる「女らしい」女性
であれば、何かのきっかけを掴んでは、難癖をつけ
て憂さ晴らしをしているにすぎないのだ。
　やはり、「成り足らない」欲求不満で、性格がい

125

じけてしまったのだろう。可愛そうだが、ヒロウ氏には助けようがない。

（話は急に変わるが）

　淀殿も勝ち気で男勝りな気性だったようだ。それも大坂夏の陣で大坂城の天守閣に大砲の弾をブチ込まれて、侍女8人が吹っ飛ぶまでのこと。しかし、当時は「淀君」とは呼ばれていない。淀殿である。「君」が付くのは「遊君、辻君」のような遊女だけである。なぜ、「淀君」が定着したのか探ってみると、どうも英文学者でシェイクスピアの全戯曲を翻訳した坪内逍遥が豊臣家の没落を描いた歌舞伎『桐一葉』（秋に桐の葉が落ちるのを見て衰亡の兆しを感じること）が、明治37年に上演されてかららしい。

　この歌舞伎は、シェイクスピアの『ハムレット』、『リア王』、『マクベス』などの主要人物の性格を映したような豊臣家の人々が登場し、その人情話は近

松門左衛門の浄瑠璃の系譜にも入る。さすが坪内逍
遥ならではという作品になっている。

愚妻

A助：今日、子供が熱出しよってな。それで、いつ
　　　もは弁当があるのに今日はないんや。

B助：「ついで弁当」ってやつやな。

A助：何やねん、それ？

B助：知らんのか？

A助：知らん。

B助：子供の弁当を作るついでに亭主のも作るって
　　　いうやつや。子供が休みやったりしたら、勝
　　　手に食べといて、となるんや。

A助：ああ、うちのもそれや。まあ、勝手に食べと
　　　いてよりはましなんやけど……。

B助：どういうことやねん？

A助：サンドイッチ作ってくれよったんや。

B助：それやったら、ええ嫁さんやんか。

A助：ええのや、悪いのやら、よう分からんわ。

B助：ひょっとして、パンは苦手なんか？

Ａ助：別にパンに恨みはないけど、作ってくれた
　　　サンドイッチってのが、幼稚園の子供が
　　　見たらひきつけを起こしそうなやつなんや。

Ｂ助：それ、いったいどんなんや？

Ａ助：きゅうりとトマトが１つと、もう１つは卵や。

Ｂ助：別に普通と違うんか？

Ａ助：そりゃ、入ってるもんは普通の人間が食べる
　　　もんやで。お前に見せたかったなあ、あのサ
　　　ンドイッチの姿。

Ｂ助：サンドイッチに姿なんて言うんか？

Ａ助：言いますとも。着流しサンド。

Ｂ助：流しそう麺みたいに言うな。

Ａ助：姿三ド郎。

Ｂ助：それは、姿三四郎やろ。

Ａ助：背広姿のサンドイッチ・マン。

Ｂ助：もうええわ。それでどんな姿やってん？

Ａ助：ドンな姿のチンドン屋。

Ｂ助：ええかげんにして、話を先に進めんか。

Ａ助：それでやな、そのサンドイッチってのにパン

が上と下に重なってついてんねん。

B助：重なってて、中にお前、野菜や果物が入って
　　るて言うたやんか？

A助：果物？　野菜は言うたけど、果物なんか言う
　　たか？　ひょっとしてお前、卵が果物と思っ
　　てんのと違うか？

B助：まさか。

A助：そんなら伺いますけど、何が果物やねん？

B助：お前、きゅうりとトマトって言うたやないか。

A助：ええ、言いましたよ。

B助：ほんなら、果物があるやろ。

A助：まあ、嫌ですねぇ、このどてかぼちゃ。

B助：なんやねん、その失礼な言い方。

A助：これはテレビで世界全国に流れてるんやで。

B助：流れてへん。流れてへん。

A助：小さいお子さん、受験生の皆様。放送大学の
　　大人の学生さんも見てくださっています。あ
　　あ、それなのに、それなのに。わしの相方が
　　こんなにも学がないとは嘆かわしい。

B助：僕、何か間違ったこと言うたか？

A助：まだ、気が付いてへん。きゅうりは、うり科の１年生つる草。花は黄色で花弁は５つ、実が食用にあいなります。トマトはケチャップ科の落第生アホ草。ハナは低くて、ベン_{くさ}は臭い。

B助：お前な、勘弁できんわ。

A助：教えといたるけど、両方とも野菜や！ 野菜！

B助：ほんまかいな。知らんかったなあ……一つ賢こなったわ。

A助：一つぐらいなっても、アホは変わらへん。

B助：ほっといて。

A助：とにかく、そのサンドイッチときたら、２枚のパンを開けてびっくり。きゅうりは丸太のようにそのままゴロンと入れただけ。トマトはまあしみったれた切り方、うすっぺらくて繊維だけ。その繊維から汁がにじみ出て、パンはグニョグニョ。かぶりついたら、マヨネーズがグニュー、トマトがブチュー、きゅ

うりがガリガリ。パンが半分に切ってへんから、食べにくいちゅうたらあらへん。しゃあないから、箸を出してきて……。

B助：サンドイッチを箸で食べるんか？

A助：出しただけ。まず、濡れたパンをつまんでは食べ、つまんでは食べ、それから干からびたトマトのへたを食べて、きゅうりは洗って、干して……。

B助：順番が変やなあ。それで、卵のほうはどうやったんや？ まさか、鶏のまま放り込んだったんと違うやろな。

A助：ああ、よう聞いてくれた。聞くも涙、食べるも涙や。こっちのほうは、パンは水びたしになってへんかったんやけど、スクランブルエッグで……。

B助：炒り卵っていうやつやな。

A助：それがパンの間に馬草みたいに詰め込んだるもんやさかい……。

B助：まぐさ？

Ａ助：こう持って、食べようと思たら、こっちへぽろり、机の上に落ちた卵を拾って、また食べようと思たら、あっちへぽろり、拾っては食べ、拾っては食べ。残ったのは何とパンが２枚。これを人呼んで、パンツぅなのである。

Ｂ助：あほなしゃれ言うてんと、今度からどうするねん？

Ａ助：ええ考えがあるんや。もうこれからカップ・ラーメンにしようと思ってるんや。

Ｂ助：湯を入れるだけやから便利やな。そやけど、上がないん違うか？

Ａ助：上？

Ｂ助：具がないっちゅうことや。

Ａ助：具のことかいな。愚の骨頂。

Ｂ助：３分、蓋しとかなあかんで。

Ａ助：身も蓋もなくなるからな。

Ｂ助：それだけで栄養とれるんか？

Ａ助：エエよう。

Ｂ助：しょうもないしゃればっかり言うてんと、

　　　　帰って嫁はんに何か一言言うたんか？

A助：当たり前や。俺は亭主やで。日本男児やで。
　　　世界に羽ばたく……。

B助：羽ばたく何やねん？

A助：羽ばたくギャグの帝王！ 言ったことは、昼
　　　ご飯、おいしかった、と。それと、街のうわ
　　　さの一言。

B助：情けな！ それで、何やねん、その街のうわ
　　　さというのは？

A助：知らんのか、お前？ お前のことがうわさの
　　　種になってるのを。

B助：僕のことが？

A助：そうや。

B助：なんでやねん？

A助：お前も嫁はんの尻にしかれてるってことや。

B助：しかれてるってことはないで。

A助：いいや、ある。

B助：ないって。

A助：うん、ないかもしれん、あの尻にしかれては

134

　　　　生きてはいられんもんな。

B助：どういうことやねん？

A助：シリません。

B助：確かに、体重は重いな。本人も気にしてダイ
　　　エットを始めたんや。

A助：あの顔でダイエット！

B助：顔でするもんと違うやろ。

A助：そら違うけど、しても顔は変らんで。

B助：そんなもん、誰がしても変わらへんやろ。ダ
　　　イエットは健康のためにするもんや。

A助：それで何か効果は出てるんかいな？

B助：ちょっとは出てるで。この頃ぜんぜん肉を食
　　　べへんねんや。ベジタリアンていうやつや。

A助：はい、オバタリアン。

B助：ちょっと細うなってきて、きれいになってき
　　　たんや。

A助：オバタもエクボ。

B助：アバタやろ。スタイルもようなってきたし。

A助：気のせいやろ。

B助：服かて11号サイズやったのが、今は8号や
　　　で。

A助：8号なんて聞いたことないな。特別製やな。
　　　ブタ人28号みたいな体で。

B助：お前、僕にケンカ売ってんのか？

A助：券、買って！　券、買って！

B助：腹立つな。人をおちょくるのもええかげんに
　　　せい。

A助：それで……？

B助：それで……それで、なに言うのか忘れてしも
　　　たやんか。

A助：美しい奥方様のことでしょう。

B助：そう。ほんまにきれいやで。

A助：どこが？

B助：どこが、って、そんなもん……。

A助：どこが？

B助：そやなあ……。

A助：下つきのオヘソ？　上つきの鼻の穴？　それと
　　　も、桃割れの胸？

136

B助：何やねん、それ。

A助：ひび割れの目。植え込みの眉毛。霜焼けの唇。

B助：人の嫁はんを化けもんみたいに言うな。

A助：ここの嫁はん、夏の肝試し大会でいつでも一
　　　番ですねん。

B助：そうや。いつもなんか景品もろてくるな。

A助：なんでか、皆さんにだけお教えします。

B助：なんでやねん？

A助：お化け係の人が、ここの嫁はんが怖すぎて、
　　　誰もよう驚かさんので、入っても平然と出て
　　　くるし、いつも一番なんですわ。

B助：そんなに怖いか？

A助：そら、怖いもなにもあったもんやないな。

B助：そうかな……。

A助：お前は慣れてるからええで、見慣れへんかっ
　　　てみいな。

B助：ちょっと、黙って聞いてたら。ええかげんに
　　　しいや。

A助：ええかげんに言うててこれや。かげんしいひ

んかったら、お客さんみんな卒倒してしまわ
はるわ。

B助：もう、そっとーしといて。

A助：なんやねん、そのギャグ。お前なんか、ギャ
　　　グの低能！

B助：自分のことだけ帝王なんて言うといて。おも
　　　ろないか？

A助：ちっとも。みっともない。

B助：話は変わるけどな、僕、しゃべるのあかんわ。

A助：よう漫才師になったなあ。

B助：緊張したら、どもるねん。

A助：そしたらなにか、お前、緊張のしっぱなし
　　　か？

B助：こないだ、高校の時の友達の結婚披露宴の司
　　　会頼まれたんや。嫌や言うのに、こういう商
　　　売してるし、みんな司会も上手やと思うんや
　　　ろな……。

A助：そうですねん、皆さん、私らよう司会頼まれ
　　　ますねん。私はまあまあうまいんですけど、

　　こいつの司会ときたらそりゃひどいもんです

　　わ。

B助：なんや、お前、僕が司会しているのを聞いた

　　　ことでもあるんか。

A助：あるがな。あの時の結婚式の花婿は俺やで。

オリンピック選手の母

　日頃楽しみにしている「ラジオ深夜便」の今日の４時からのインタビューは長野県の小さな村の菊池というお母さんの話だった。彼女には５人の娘がいて、２人目の女の子は韓国の平昌オリンピックでスケートのパシュートという部門で金メダルを取ったという話だった。

　いろいろ考えさせられることがあった。まず、子供は５人、みんな女の子であるということだ。確率の問題として考えるなら、何も不思議ではない。天気予報や、スポーツは確率の問題と言われるが、しかし、人間の普段の生活において、人々は確率など考えて行動様式を決定しているわけではない。

　私が、彼女の夫でその子供達の父親なら、２人目には「男の子ならいいな」と思う。３人目には「きっと、今度は男の子だろう。そうだったらいいのにな」と思う。４人目なら「男の子ならいいが、

3人も続けて女の子なんだから、次もきっと女の子に違いない」と思う。5人目は「男の子なんて欲しいと思うから、女の子になるので、そんなことは願わないで、元気な子であってくれればいいし、女の子なら、4人も5人も同じこと。慣れているから育てやすい。どちらでも、いい」と思うだろう。

　この菊池のお父さんがどう考えたのかは、私には分からない。ただ、奥さんも含めて、6人、お爺さんが同居だったようだから、お婆さんが健在だったとしたら、女が7人、男が2人だ。私なら、本心はそれなりに嬉しいはずなのだが、きっと日々の生活の中でうんざりするだろう。

　長女が、アレルギー体質だったので、お菓子は買わず、ご飯がお菓子代わりだったとのことだ。今の洋風のお菓子は私には「毒」に思える。子供の食べるお菓子の袋や箱の裏面に書かれたカタカナ文字や意味の分からない漢字が栄養素の列挙かと思いきや、なんと食品添加物の保存料、発色剤、着色料、香料、甘味料、酸化防止剤などのオンパレードである。

お菓子などを止めて、お米にしたらオリンピックで金メダルを取れるとは限らないが、それが大きく貢献しているとしても「おかし」くはない。菊池家では、毎日一升五合のご飯を炊いていたという。

　ラジオでは瞬時に聞いた名前を覚えておけるような記憶力はなくなっているし、字も分からない。しかたがないので、「聞き逃しサービス」をネットで探し、メモ用紙とペンを持って再度聞いた。

　名前を書き取った（正しいかどうかあまり自信はないが…）。

真里亜（マリア）　真っすぐな性格で、故郷を忘れず、
　　　　　　　　　世界に羽ばたいてほしい。
彩花（アヤカ）　　６月下旬生まれ。
悠希（ユウキ）　　長女と次女を厳しく育てすぎたので、三女には悠々とした気持ちで希望を持って生きていってほしい。

萌水（モエミ）　４月の雪が降った日に生まれて、
　　　　　　　　木々が芽吹く頃、逞しく育ってほ
　　　　　　　　しい。

純水（スミレ）　礼儀正しくて素直で純真。

　一人ひとりに、このような名前を付けた両親の夢
が優しく感じられる。

アイヌとケルトとフェミニスト

　こうして書いていて、いつも思うのだが、日々、何かに反応してこの徒然日記をしたためるのだが、書き出すと、連想ゲームのように書いていることに関連して新たに書き足したいことが出てきて、それに関連してさらに次にというように際限がない。書いている本人にはそれなりの関連性はあるのだが、読み手にはそれが分からずに、さぞかし支離滅裂な内容だと思われるだろう。

　しかし、書名を『徒然なるままに』とし、徒然なるままに書き記すと申し上げているのだから、ご容赦いただき、読み進めていただければ幸いである。

　今日のテーマの起点はアイヌ語であり、そこからアイルランド語に移り、例のごとく、フェミニスト攻撃となる。

　まず、朝早くにラジオから流れてきた放送によ

ると、北海道の地名の8割はアイヌの言葉に由来
しているという。8割かどうかは確かではなかった
が、おおよそのことはずっと前から知っていた。3、
4年前に、学生時代の懐かしの場所の再訪にと行っ
た白老には、アイヌ人の衣装を着た人は一人もいな
かったし、鮭を口にくわえている熊の木彫りもどこ
にも見当たらなかった。

　海辺に沿って走っていた道路上に「国立アイヌ民
族博物館」の看板があったので、そこに行けば何か
あるはずと近くまで行ってみると、目的地までの道
路が封鎖されていた。そこにいる警備員に道を尋ね
ると、博物館は建設中で入れないとのことだった。
まだ建物が建っていないのに、看板だけが先に掲げ
られているというのは変である。建て直しか工期が
遅れているのだろう。白老に来た記念にと、近くに
あったJRの白老駅の写真だけを撮って、そこを後
にした。

　今日のラジオで、今年になって白老に国立アイヌ
民族博物館が完成し、現在は開館されていると知っ

た。民族共生を謳った「ウポポイ」という愛称だという（ウポポイが何の意味か分からない。調べてみると「みんなで歌うこと」とあった）。

ラジオ番組の内容は、明治政府によって北海道開拓が始まり、地名に漢字をあてて表記されるようになったという説明から、具体例を挙げて地名の元の意味と、表記のずれの話があった。

札幌は、元は「サッ（dry）・ポロ（large）・ペッ（river）」であり、そこを流れる豊平川が乾季になると水量が減り広大な乾いた土地が現れるという意味で、漢字表記にされた時に「ペッ」が省略されたのだと。

紋別は「モペッ」で「静かな川」、登別は「ヌプルペッ」で「水の色が濃い川」。江別、士別などの「別」もみんな「川」の意味だ。小樽は「オタルナイ」で「砂浜の中にある川」、苫小牧は「トマクオマナイ」で「沼の奥にある川」。北海道でもやはり川を中心に集落ができた証だ。

稚内は「ヤム・ワッカ・ナイ」で「冷たい飲み水

の沢」、知床は「シルエトク」で「大地の先端」、根室は「ニムオロ」で「木々が茂るところ」、室蘭は「モルラン」で「ちいさな下り坂」、洞爺は「トヤ」で「湖の岸」、宗谷は「ソヤ」で「岩の岸」、襟裳は「エンルム」で「岬」というぐあいだ。

　アイヌの人達は、自然界のすべてのもの、太陽、水、石、木に生命を感じて、それぞれの生命を尊び、自然とともに人間の営みを続けていくことを基本として生活していた。

　これは、私が研究してきたケルトの人々と同じではないか。アイルランドはイギリスの植民地化で母国の地名をイギリス読みにされてしまって、本来の意味を失うか、本来の呼び方を失った。アイヌ人とケルト人では風貌も言語も違う。同一民族ではないのは明らかだが、考え方は同じだ。

　西洋先進諸国と、そうした国々に追いつこうと、技術や軍事力を向上させた国は、機械文明の進化によって自然も征服できると考えた。今、その驕りによってもたらされた地球環境の劣悪化により、全世

界の人々が豪雨に遭い、洪水や土砂崩れによって命を失い、家を失い、郷土を失っている。狂暴化した台風やハリケーン、日照り続きによる旱魃、竜巻、日本では40度を超える夏の暑さや、一日の最低気温でさえも30度以下にはならないなど、「異常」は数え挙げればきりがない。

新型コロナのワクチンが出来たとしても、人類はいずれ自分の撒いた「異常な」種で滅びるのかもしれない。きっと滅びるのだろう。

一つ大切なことを、アイヌの人達から学んだ。それは番組の最後で話されていた、「アイヌの子供達は5、6歳になるまで名前を付けられずに、『赤ん坊』と呼ばれていた」という伝統である。なぜ？と思う。

これがまさにアイヌ人の知恵なのである。理由は、疫病神に特定されて、その触手によって自分の大切な子供を病気にされたり、殺されたりしないための方策だったのである。

今の日本で、子供達を何かの良い方策をもって守ることができているのだろうか。タブレットを持た

せて遊ばせておくなど、悪の手に大切な子供を委ねるに等しい行為だ。ひょっとしたら、子供達の親や、その親の親である私達の世代は、無心な子に悪害を加える疫病神なのではないだろうか。

　ここで、いつもの独断になるのだがヒロウ氏は語る。「フェミニストが最悪の疫病神だ！」と。

　おもしろい話をもう一つ付け加えよう。ケルトの国、アイルランドの西海岸には、ゲールタハトというアイルランド語を話す人々が住んでいる地域がある。そのうちの一つ、ディングル半島にディングルという町がある。そこはとても風光明媚で、夏には行楽地、保養地となっている。そこでの話を一つ披露する。

　この地区でも当然のことながら、イギリスによって地名は英語表記にされていて、Doon（もともとは Dun［砦の意味］、音だけから取られて Doon とされて、意味は消し去られた）と呼ばれている場所

があった。昔はアイルランド語で Dun Bleisce と呼ばれていたのに、18 世紀に Doon にイギリスによって勝手に名前を変えられた所である。

それを、アイルランド政府が An Dun に変更した。なぜ、元のアイルランド語の地名 Dun Bleisce に戻されなかったのかというと、Bleisce は「売春婦」という意味だからである。

どこかの国が「いやらしい像」を恥ずかしげもなくあちらこちらの外国に建てて、大人の対応をして賠償金など払う必要もないのに払って最終決着をつけたのに、まだその国は国を挙げてゆすり、たかりを続けてくる。この国は、Bleisce 的恥ずべき行為をしているのに気が付いていないのだから始末に負えない。

しかし、明治政府以後、続けざまに日本にヒドイ目に遭わされてきたという根が深い恨みがあるから、「Bleisce 事件」は氷山の一角にすぎない。加害者はすぐに自分のしたことを忘れるが、被害者は絶対に忘れないものだ。悪いのは明治政府であるが、残念

だが、それは長州人や薩摩人が作ったとしても、外国から見れば日本人が作った政府である。

（話をもとに戻す）

　ひと悶着あった末、An Dun の案は投票により大多数の住民の反対にあって、由緒ある「売春婦の砦」（Dun Bleisce）に戻されることに決まった。その反対運動の先頭に立ったフェミニストの女性議員は語った。アイルランドにはフェミニズムの風潮が昔からあり（そんな風潮などあるわけがない！）、「売春婦」というのは "Powerful Woman"（強大な力を持った女性）の意味で、"harlot"（売春婦）ではないと語った。騙った？

　なんという不可解な論理であろうか。ややこしい国のしつこい論議と、このフェミニストのムチャクチャな論調を聞いていると、大自然が破壊されて、地球が滅びても仕方がない気がして、絶望感を抱いたヒロウ氏である。

ボケの証明：ヒロウ氏の悩み

　今日は、三菱UFJ銀行に市民税の支払いに行った。他に振り込まねばならないものもあったので、振込先はどこの銀行かと見ると「京都中央信用金庫」と書かれてある。三菱UFJ銀行を出て、左側の看板を見ると「中央信用金庫」と書かれた銀行がある。ここではない。異なる銀行から振込みをすると手数料が高いので、同じ銀行に行かねばならないという経済観念というケチ意識が根底にあるヒロウ氏だ。ガソリン代のほうがはるかに振込手数料の差額より安いと、バイクでJR桂川駅近くにある「京都信用金庫」に行った。

　そこでATMで操作を始める。「当庫」とあるから、そこを選び、振込先の「支店名」の堀川支店の「ホ」を押すと、該当支店がないと出る。ないはずはない。しかし、もう一度しても同じ結果である。どうしようもない。しかたなく、銀行内に入り込ん

でカウンターにいる銀行員に事情を説明する。

「今、そちらにまいります」と言ってくれる。ATM に行って、先ほどと同じ操作を繰り返す。銀行員はヒロウ氏の手に持っている振込先の紙を確認する。そして、この振込先は「京都中央信用金庫」で、ここは「京都信用金庫」であるという。ややこしい。異なる銀行に来たわけだ。

　では、先ほど三菱 UFJ の隣にあったのは何銀行なのか戻って見てみると、「京都中央信用金庫」である。なぜ、さっきは「京都」が欠落した「中央信用金庫」だったのか検証してみた。三菱 UFJ の入り口まで戻って看板を見ると、確かに「中央信用金庫」しか見えない。その上の「京都」が、電信柱に付けてある長方形のトランスで死角になって見えないのだ。

「参った、参った」だ。それにしても、「中央」という文字はしっかりと読めていた。桂川の銀行には、どこにも「中央」という文字はなかった。自分の馬鹿さかげんにホトホト参った。ボケ封じにお寺にで

も参らなければならないと観念するほど参った。大阪の三社神社に参ってはいるが、一度もボケが治りますようにと祈願したことはない。ボケてるという自覚がそれほどなかったからだ。

　先日は、環状線の車内に吊り下げられた大阪芸術大学の広告を見た。「大学で美術を学ぶ。美術で大学を遊ぶ」とあった。そばにいる連れのジョシュアに言った。

「『大学で美術を学ぶ』は分かるが、『美術で大学を遊ぶ』というのは「もてあそぶ」みたいでおかしくない？」

　ジョシュアは、手に持っている箸からそばをそばつゆの中に落として、つゆが顔にかかった時のような顔でヒロウ氏を眺める。ヒロウ氏は苛立って「あそこの広告」と指差す。ジョシュアが言った。

「『大学で美術を学ぶ。美術で大学を学ぶ』でしょう」

　よく見ると、たしかに「学ぶ」だ。『不思議の国のアリス』事件のように、さっき一人で読んだ時の

154

「遊ぶ」が、今は「学ぶ」に変わっている。

「あなたこの頃ちょっとおかしいわよ」と、ジョシュアが言う。確かにおかしい。「大学を学ぶ」という言葉がそもそもおかしい。今時のことだから、どうせ学生は遊びに行くのだろうという潜在意識があり、「大学を遊ぶ」と脳が読ませたに違いない。

　今日の銀行事件は、この「遊ぶ」事件からまだ2週間も経っていない。しかし、冷静に考えると「美術で大学を学ぶ」という言葉自体が変だ。「美術を大学で学ぶ」であるべきだ。この芸大事件には尾ヒレというか、前ヒレがついていて、この車内広告より30数年前、ヒロウ氏は大学院を出てまだ大学に職がなかった。そうした時に、英語を大学レベルで教え出したのは「大阪芸術大学」であり、そこの演劇学部の学生達だった。彼らは英語などちっともできなかったが、良い子達ばかりだった。その学生達は気の合った仲間同士で「南河内万歳一座」を結成し、脚本や演出は最年長の Mr. N が担当し、大阪の小劇場で公演を始めた。

Mr. N は医学部を目指していたが、浪人したためにそれを諦めて演劇の世界に入ったらしい。彼はなかなか賢明で陽気である。教えたのが彼の4回生という卒業年次、ヒロウ氏の記念すべき最初の大学卒業生である。

　通信教育の生徒の高齢者を除いては、彼がヒロウ氏の教えた中では最年長の学生である。年齢差はおそらく10歳にも満たない。教えたといっても、きっと授業になどろくに来ていなかったはずだから、名簿上だけのことである。最後の試験の日の直前には、今、仕込み中で忙しいからレポートにしてくれと頼みに来た。教科書の和訳をさせて単位を与えた。

　その日本語訳はノートを3、4枚切り剥がして、細かい字で乱雑に書いたものだった。なぜか、その両面に書かれたノートと細かくて下手な字だけは鮮明に覚えている。中身など読んではいない。おそらく「可」で通したのだろう。

　彼らが卒業した後もヒロウ氏は大阪芸大では非常勤の英語教師だったが、京都の聖母女学院でも教え

出し、南河内万歳一座の公演がある度にそこの学生達の希望者を募って大阪梅田にまで観劇に行っていた。女学生達の感性にピッタリ合っていて、いつも聖母女学院の学生達には公演は大人気であった。故郷を離れて、大都会で「心の故郷」を求める青年像が上手に描かれていた。劇の中で突然プロレスのようなことを真剣（?）にやるのもウケていたようだ。

　また、最近になって、どういうわけか、Mr. Nと同学年であった女子学生の鴨鈴女という芸名の女性とメールで連絡を取り合うようになって、ここ10年近くは彼らの劇を公演がある度に観に行くことになっていた。

　先日の「南河内万歳一座」事件は、天王寺のシアトリカル應典院という劇場に行かねばならないのに、勘違いして、前回行った別の寺にある劇場のほうに行ってしまったのである。探し回ったが、とうとう開演時間が迫り、タクシーで乗りつけなければならなくなった。途中の松屋町筋というところに、ずらっと寺ばかりあるのに仰天したが、お寺が劇場ス

ペースを提供しているのが一つでないことにも驚いた。

　どうもうっかりしている。自分でうっかりしているつもりは毛頭ないのだが、確認がしっかり取れなくなってきている。足腰の筋力が弱ってきているように、脳が弱ってきているのは確かだ。

　この弱さの証明は簡単だ。スカイプで孫に英語を教えていた。孫に読めない単語が出てきた。

「スペルを言ってごらん」と言ったが、スペルの意味が分からないらしい。

「どんな字か言ってみて」

　孫が言い出した。

「ティー、何これ？」と、隣にいるお母さんに聞いている。

「エッチ、アール、イー、イー」

「ティー、エッチ、アール、イー、イー」とヒロウ氏は繰り返す。文字のイメージが湧かない。頭で想像しようとすると、カタカナが出てきて、何のことかよく分からない。

「ちょっと待って」と、そばにいるジョシュアに紙と鉛筆を持ってきてもらう。

　書いてみると、なんてことはない、three ではないか。こんな易しい英単語が即座に分からなくて大学で英語の教師が務まるわけがない。つくづく早期退職をして良かったと思った次第である。

分別？　分別？

　アメリカの消費社会の悪影響を受けて、日本人も
どっぷりとこの波に飲まれてしまった。もう、「も
ったいない」という言葉は死語になりつつある。限
りある資源なのに、とても「文化」などとは言えな
い使い捨て文化である。日本の伝統的な家屋や家具
は老朽化して廃材になり、地球の自然のサイクルに
戻る。

　ところが、便利なプラスチック製品は、オランダ
のボイヤン・スラット氏が熱く語るように現在、海
洋汚染の原因となり、マイクロプラスチックにまで
極小化し、それが魚に入り込んで人体にまで悪影響
を及ぼし始めていると言われている。

　それだけではない。ゴミ問題にしても、レアメタ
ルなどを輸入した先進国から「汚染物質」をアフリ
カに「輸出」し、その物質を原材料として作った現
地？のネックレスやブレスレットでそれを先進国が

輸入し、それを付けている女性の身体に悪影響が出たりしている。

　使い捨て文明の行き着く先は袋小路だ。「もったいない」という大切な日本文化がアメリカの消費文化の波に飲まれて、人が物を使い捨て、新しい物を買うのが「美徳」となった日から、時代は目まぐるしく変転し、今や、企業や会社が人を使い捨てるようになり、それに必然的に連動して、人も企業や会社を「出世」のステップの一つの段階にすぎないと考えて、容易に「捨てる」。やはり行き着くところは、人が人を捨てるということにつながる。

　夫が妻を捨てて、離婚となる。妻が他の男と関係を持ち、夫が捨てられる記事にもよく出くわす。親は子供を放置するし、年老いた親の面倒など見なく、「ご遠慮介護」などと言って、堂々と夫の親の面倒を見ないことがまかり通る時代になってきている。

　すべてが「使い捨て」だ。まずは物を大事にすることから始めよう。人を大事にすることから始めるのが本来あるべき姿であるが、低きものから始めて

高みに引き寄せるという方法もある。

　「地球を大切に！」などといった大きな謳い文句では、何からしていいのか分からない。プラスチックゴミ削減の一環として始まったレジ袋の有料化も、ゴミの分別化と共に、環境問題への取り組みの第一歩である。これができるかどうかで、物事の分別が分かる人間かどうかが分かる。

　徒然草にも「ふんべつみだりに起りて、得失やむ時なし」とある。いつの時代も人間性が問われるということだ。

エレジー（*The Dying Animal*）

　あまりにも部屋にいろんなものが散乱しているので、乱雑にも程があると思い、片付けを始めたら、いつもと同じで、物が多すぎて、入念に取捨選択をしていると、片付けは遅々として進まず、きりがない。片付けるのは同類のものは同じ場所にまとめ、長年使っていないものは捨てるという覚悟がないと、いくら片付けようと決意したところで、片付くわけがない。

　よくもまあ70年間で、こんなに「物」を買い集めたと自分の物欲に呆れ果てる。英和辞典などいろんな部屋のあちらこちらを見渡すと、10冊以上も転がっている。あるものは表紙がめくれ上がり、あるものは埃まみれである。近年は電子辞書を使っていたし、今はコンピュータやスマホで検索するので、辞書などはめったに手にすることはない。しかし、使わないから捨てられるかというと、そう簡単なも

のではない。それを捨てることは自分の過去の大切な部分を切り捨てることになる、とそう思う自分がいるからだ。この論理を押し進めると「本」はおろか、すべての物が捨てられなくなる。「愚か」と知りつつも、何の因果か、「もったいない」が口癖であった母親と同じで何も捨てられない。

　昨日、18歳年下の昔の生徒が家に持ってきたDVDを一緒に見た。昔、見た『ガンジー』という映画の主人公のガンジー役をしてアカデミー賞の主演男優賞の栄誉を得たベン・キングズレーが、この作品では大学教授ジョージの役柄で、相手役の学生はゴヤの「マヤ」を思わせるような魅惑的な若い女性コンスエラである。2人の年齢差は30歳。その2人が恋愛関係になる。

　ジョージの親友役を、我ら団塊の世代の誰もが知っている『イージー・ライダー』のデニス・ホッパーが演じている。昔の面影はどことなくあるのだが、当たり前だが、やはり違う。この映画では、脳梗塞で倒れるという役柄の高齢者である。

　デニスは 10 年前に亡くなっているから、この作品はそれより前に作られたものだ。『イージー・ライダー』では、昨年、肺ガンのために 79 歳で亡くなったピーター・フォンダと共演だった。誠実な若者だったピーターは、青年時代から生涯変わらず民主党支持の左派であったが、デニスは共和党支持者であった。

（話を本題に戻す）

　この年齢差の大きな 2 人の恋愛は、ぐんぐんと発展するわけでもなく、別の登場人物と微妙に絡み合うわけでもなく話が進む（教授の昔からの恋人が、遠距離恋愛で、3 週間ごとにやって来るのだが、彼女がコンスエラの生理用品をバスルームで見つけて揉め事になりはしたが……ジョージの見え透いた嘘を彼女が信じたふりをして一件落着するシーンがあるぐらいだ）。

　後半になって一気に話が進み、ジョージとコンス

エラが別れていた２年という歳月が経過し、ジョージは彼女から「電話をしてほしい」という留守番電話に入っているメッセージを聞く。ジョージが電話をすると、すぐにコンスエラは彼の家にやって来る。コンスエラは精魂尽き果てた様子である。ジョージが尋ねると、乳ガンで２週間後に全摘の手術を受けなければならないからだと涙ながらに話す。それを聞いて彼は泣き出す。

　これでは、どちらがどちらを慰めているのか分からない。ここでは、２人が辛い痛みを共有するという設定だから文句を言ってはならないと知りつつも、ジョージの女々しさに違和感を感じる。夜になってソファーに横になり、コンスエラは徐々に上半身を露わにし、美しい胸を出し、ジョージが彼女の姿を写真に収める。

　後日、手術が早まったらしく、２日後にジョージはコンスエラの全摘の手術後に病室に見舞いに行く。その後、コンスエラはどうなったのか、２人の関係がどうなったのかよく分からないのだが、映画のラ

ストシーンは男女2人が浜辺を親しげに歩く後ろ姿を遠景の中で捉えて終わるのである。

　乳ガンを患っていたことのある私の生徒は、コンスエラは乳ガンで死んでしまって、最後のシーンはジョージが昔からの恋人と仲良く歩いているのだと言う。

　私は「そんな馬鹿な！」と言う。そんな映画の終わり方は承服できない。しかし、本当はどうなのか分からない。加齢のために理解力が落ちてきていると言われれば、一日先が見えない今、毎日が未体験の「墜落の日々」だから、加齢が原因でそう理解するのかもしれない。

　気になる作品であるが、DVDは持って帰られたし、題名も分からない。10通ほどメールを出しているのに、どういうわけか、またそのメールが届いていないらしい。そこで、生徒に電話して題名を聞くと、映画の題名は『エレジー』だと言う。「死者を弔う挽歌」の意味だ。「哀歌」なんて甘ったるいものではない。ということは、やっぱりコンスエラ

は乳ガンで死んだという、生徒の意見が正しいことになる。

ところが、さらに、話は続き、この映画の原作の小説は *The Dying Animal*（『死にゆく動物』）だと判明した。ということは、彼女は死につつあるが、まだ死んでいないに違いない（だから、映画は曖昧な終わり方をしている？）。

それはそれでこの映画の終わり方にまた承服できない。先ほど、アマゾンでこの本を注文した。本は2週間後に送られてくるという。このことは、またその本を読んでから考えよう。

本が到着した。著者はアメリカでは有名なフィリップ・ロスである。

早速、読んでみると、ヒロウ氏には、低俗なポルノ小説としか思えない。これが、賞を取るようなアメリカという国の文学レベルの低さに戸惑いを覚える。こうした作品群に追随するかのように、日本の文学作品のレベルの低下にも辟易しているが、

168

ひょっとしたら、ニーチェが「神は死せり」と語ったように、今は「文学は死せり」なのかもしれない。

　結論だが、小説では、コンスエラは全摘の手術の前に、ジョージと一夜を共にしているが、その手術の結果はどうなるか書かれてはいない。ただ、乳房を失くしたコンスエラが再び自分を愛してくれる男性が現れるのかという不安を語り、彼に自分のそばにいてほしいと懇願するが、彼は出ていってしまう。オープン・エンディングで、あとはどうなるのかは読者の想像に委ねられている。悲しい結末にも思える。

　こうなると生徒の考えが正しいとなり、映画のエンディングは教授が昔の恋人と楽しげに浜辺を散歩しているシーンで終わることになる。やはり、これは非情である。

　でも、これが過去の大切な部分を切り捨てるアメリカ的な「人の世の常」なのかと諦観するヒロウ氏である。

ポビドン事件

　大阪府民のホープである吉村大阪府知事が「ポビドンヨードうがい液」を大阪羽曳野市の研究センターで被験者に試用させた結果、コロナの陽性率がそれを使用しない人達より下がったという記者会見を、実際に市販されているうがい薬を机の上に置いてテレビで行った。

　すると、ほんの２時間ほどで、大阪のすべての薬局の棚からうがい薬が消え失せ、うがい薬の株が上がったらしい。実地調査を行ったヒロウ氏はそれを確認した。ヒロウ氏は大阪のおばちゃんの心意気を肌で感じた。

　今から、10数年前に、このうがい薬が甲状腺に悪いと言われて使われなくなったことがある。ところが、それがまだ病院などで継続して使われている理由は何なのだろうといぶかしく思っていたヒロウ氏であるが、それがこんな形で脚光を浴びるよう

になるとは、「ポビドン」自身も予想外でさぞかし
びっくりしていることだろう。

　10数年前の「うがい騒動」の時には、うがいは、
そんな液体より、緑茶がいい、それよりも水がいい
と言われていたし、それ以後、ヒロウ氏は、通常、
うがいは水でしている。多くの人もそうしていたは
ずである。安上がりだし、それが一番いいと言われ
ていたからである。

　吉村知事の発言を責めているのではない。彼の実
直な性格を見ても分かるように、悪徳の政治家がす
るように自分の欲得のために発言し、行動している
のではない。お盆の帰省ラッシュ前の時期に、若者
の飛沫によって自分のおじいさんやおばあさんに感
染させないためにもと、若者に訴えかけたのに違い
ない。

　ポビドンヨード液がマスクのように棚から消え
去ったことが波紋を呼び、人々に冷静さを取り戻す
ようにと、この吉村知事の発言に対して、多くの疑
問の声が専門家から寄せられた。

被験者には、同じ色、同じ味にしたものを飲ませ、自分が薬を飲んでいるのか、ただのジュースのようなものを飲んでいるのか分からない状況を作ってから、モニター実験をしなければならないとの指摘がある。

　さらには、薬を飲んでいるAグループと全く何も飲まないBグループと最初から二分したら、その時点で心理的な差が生まれ、薬を飲んでいる人達のほうが、たとえそれに何の効果がなくても、薬を飲んでいると言われたグループのほうが、治療効果が高くなると心理学者は主張する。

　また、いろんな医者が実験の期間が短いとか、被験者が少なすぎだとか、長く経過観察する必要があるなど、議論は尽きない。

　このコロナ感染のために、人はコロナ禍前より、人を避け、人を疑い、人間らしさを喪失しかけている。なんとか早く終息しないものか。ワクチンが出来るまで社会は分断され続け、人は心も体も疲弊していく。

　コロナの第一波の時は、遺体がビニールでぐるぐる巻きにされ、親族も近寄ることができず、棺が冷凍庫に連なるようにして置かれている映像が流れ、あたかもヨーロッパの中世のペストや黒死病の時代の再現を見るような思いだった。

　第二波は第一波よりもはるかに大波であるにもかかわらず、悲惨な光景がテレビ画面から消えてしまっている。第三波では重傷者が多く、世界での感染者数は億単位になり、死者は大きく右肩上がりになっているのにである。

「with コロナ社会」で経済を円滑に動かせるために、マスコミは政府と一体となって、人々を怖がらせるような映像を流さないようにしているようだ。これは正しいが、正しくない。

　吉村知事は「正しく怖れるように」と警告する。マスコミは人を容易に誘導し、操作できることが分かって今のようなことをしているのだから、受け手側の我々も、軽薄に一気飲みで「のどごし」で感じ、行動するのではなく、冷静にマスコミの報道を「舌」

でじっくりと吟味して飲むか、そんなものは一切飲まないかを自分で判断しなければならない。

　しかし、判断が正しければコロナに感染しないというわけでもないので、やはり当分は人との接触を避けて暮らすのが一番である。

衣服と身体の健康の話

　ファッションと清潔感とは関連しているのかと考えてみた。学生時代にエリザベスⅠ世は一度もお風呂に入ったことがないと、英国文化の講義で聞いたことがあった。その時には、それは何かの間違いに違いないと一人納得していた。

　ところが、50年以上も経ってから本当の話だと知った。その理由は、西洋の疫病と身体に関する考え方が今とは違っていたことを発見したからである。

　17世紀のフランスのブルボン王朝のルイ14世の時代に、コルベールという財務係の人物が品質が改良された錦織、刺繍、レースや香水の輸出に成功して、王の蓄財に貢献した。

　この頃、人々は身体についてどう考えていたかを探ると、人々は主に嗅覚や視覚を通して体内にある「見えない古い物質」が、新陳代謝でもするかのように「新しい物質」に取って代わるものと考えてい

た。また、一番興味深い点だが、水は皮膚を通して体内に入って来るとも考えていた。彼らには人体も体外のすべてのものも、火、水、土、大気の４つの要素で出来ているので、体内と体外との隔たりはないに等しかった。

エリザベスⅠ世は、この考えの影響下にあった。中世の頃に黒死病が流行したために、ヨーロッパでは感染を恐れて水に浸かって体を洗う習慣はなくなってしまった。理由は、病原菌で汚染された水が皮膚を通して体内に入ってくると信じられていたからである。

フランスでは香水のかけられた錦織、刺繍、レースなどの衣服が、体外の汚染物質が体内に入り込むのを防ぐと考えられていた。これは社会的な地位を誇示する高級な流行服というだけでなく、今でいうCOVID-19の高級防護服にも匹敵するものであった。

17世紀に入って、ペストが流行し、それがロンドンの大火で収まり、ペストの原因は水ではないと判明し、それ以後、イギリスをはじめ、他の諸国で

も水を使って体を洗うことも昔のように復活した。しかし、風呂に入るというのは病気の治療として行われるだけで、日本のように風呂文化は一般に根付くことはなかった。おそらく、気候が乾燥していて、夏は涼しく、冬はもちろん、春も秋も汗をかくほど暑くはなかったからだろう。

ブルボン朝やエリザベスⅠ世の頃は、貴族は高級な衣服を身にまとい、宝石類で飾り立てて社会的な地位を誇示していた。清潔感を保つためにすることは、チュニックやシャツを交換することだけだった。

18世紀に入って、洗濯できるリンネルや綿など、洗うことができる繊維製品が出来、それがイギリスで大量生産されるようになって、これを着るのがステイタス・シンボルとなった。ところが、水道などない時代、川か井戸から水を汲むか、そこに行って洗わねばならなかったので、清潔にすることもたいそう手間のかかることであった。

現在は医学の進歩により、17世紀のようなことはないが、このCOVID-19という不可解な菌で世

界中が大混乱に陥るという歴史始まって以来初めて
という時代の真っ只中を我々は生きている。いつ感
染して死ぬかも分からないという不安は当時と何ら
変わらない。

ジェイムズ・バリー

　ジェイムズ・バリーという名前を聞いても、すぐに誰のことか分からないという人もいると思う。でも、ピーター・パンという名前を聞いたことがないという人はいないだろう。ジェイムズ・バリーは、この『ピーター・パン』を書いた劇作家である。

　今日、世間に全く知られていない『どんな女性でも知っている事』（*What Every Woman Knows*, 1908）というバリーの劇の一部を読んだ。筋立てが要約されるような形で書かれていて、結末の箇所だけ10頁ほど劇の台詞がそのまま掲載されていた。手短に内容を知るには好都合である。たわいもない内容ではあるが、フェミニストを親の敵でもあるかのように「仇討ちをせねば！」とあらゆる機会を狙っているヒロウ氏は、ここでもその執念を発揮する。まず、この劇の内容を紹介しよう。

　イギリスの田舎に、父親と息子が2人、娘が1人

の4人家族がいる。父親は花崗岩の採石場を手に入れて、少し財をなした人物である。長男は無教養で、それを埋め合わせるかのように、彼は読む気もないのに600冊の本をガラス戸の本棚に入れて、誇示するかのように居間に飾っている。

　ある日、警察から強盗らしき人物が窓から出て行くのが目撃されたとの通報が寄せられる。窓ガラスを調べてみると錠に細工がなされているのが分かる。さらに、次男がツツジの藪陰に侵入者がいるのを発見して、みんなでとっ捕まえてやろうとステッキを持って家の中で待ち伏せをしている。明かりが消えて、みんなが寝静まったと思われる頃、男が窓から侵入してきて、堂々と部屋の明かりをつけて、鞄から合鍵を取り出して、ガラス戸の棚にある本を2冊取り出す。

　家族のみんなが入ってくると、その男は村の顔なじみの21歳の青年のジョンだと分かる。何のために夜中にこっそりと忍び込んでくるのかと尋ねられると、ジョンは大学の勉強のために、そして社会で

活躍できる人間になるために、そこにある本が必要
だと言う。どうせ誰にも読まれていない本なのだか
ら、読んでもいいはずだと語る（こんな論理は通る
はずがないし、すぐさま、警察に通報されて逮捕に
なるのに決まっているのに、そうならないところが
ファンタジー好きのバリーの劇である）。

　ここから、話がおもしろくなる。娘のマギーは
容貌が良くなく背が低い。それに結婚適齢期を過ぎ
ている。父親も、兄達もマギーになんとか良い夫を
と願っている。父親と息子2人は、貧しくて本も買
えないこの青年の実直なところを見込んで、ジョン
に本の使用は自由にしていいし、教育費に300ポン
ド支払うから、その交換条件として、これから先の
5年間にマギーに適当な結婚相手が見つからなくて、
その段階でマギーがジョンに結婚を申し出た場合に
は、それを受けなければならないと言う。ジョンは
聖職者になるための教育には300ポンドでは不足だ
と言う。長男は、300ポンド以上は出す気はないから、
それで嫌ならこの話はなかったことにすると強気だ。

続けて、妹には結婚話は幾らでもあるからと言う。ジョンにマギーの年齢を聞かれて、長男は 25 歳だと言い、4 歳年上の女房は結婚相手に最適であるとこの縁談を勧める。これを聞いて、マギーは反発して自分は 26 歳で、結婚の申し込みなど一度も来たことがないと「正直に」話す。

　こうして話をしているうちに、ジョンとマギーはお互いが正直で、信頼に値する相手だと思い、この結婚の条件を 2 人とも受け入れる。そして、マギーは妻のように優しく、ジョンがコートを着るのを手伝い、玄関まで見送りに行く。

　彼女は部屋に戻ってきて、ジョンが読もうとしていた本を手にして部屋から出ていこうとする。長男が「どうして寝室に本を持っていくのか？」と尋ねると、「ジョンが知るであろうことは私もすべて知っておきたいから」と言って部屋を去る。次男が劇の最後に一言付け足す。

「たしか、マギーは 27 歳だったのでは……」と。

　ここでのテーマは、この男尊女卑の「契約結婚」をフェミニストならなんと言うだろうかである。定番の答えは、女性に自立する経済力がないので、厄介払いでもするかのように、マギーは家から追われるように結婚をせざるを得ない。こんな男性中心の社会を根底から変えていかねばならない、である。

　ヒロウ氏は、このジョンとマギーの結婚はきっとうまくいくだろうと思う。それは劇の中だからそうであって、現実ではそうはならないと想像力が欠落しているフェミニストは主張するかもしれない。では、このマギーが女権論者であったとするなら、「ほんのりとした劇」にはならないし、結婚したとしても、自己主張の強いマギーがジョンとうまくやっていけるはずはない。

　やはり、女性は100年前の女性であってほしい。今の日本の男達は災難に遭ったようなものである。

南無阿弥陀仏

　ジョシュアが「気のせいか最近爪が早く伸びるの……」と電話で言う。ヒロウ氏はたまたまパソコンを開いているので、ネットで検索すると、「爪が伸びるのが早い原因は？　病気の可能性？　意外と知らない原因のまとめ」というサイトがあった。

　そこをクリックすると爪をそれぞれ派手な異なる色でいやらしく塗りたくった、いやらしそうな女のいやらしい指が画面に出てきて、それだけでも嫌な気分になる。それなのに、なぜか爪とは関係のないお腹が出た大デブの女、ちょいデブの女、普通の女の３種類の女の画像が画面の端に貼り付けてあるのが目に入る。

「何じゃ！　これは！」

　うさん臭い広告だ。「また、何か太ることと爪が

伸びることを関連させて、サプリメントを買わそう
と企んでいるのか！」とカッとなった。この理由は
分からないまま、サイトを読み進んでいくと、まず、
睡眠不足に陥ると爪が伸びると書かれていた。最近、
ジョシュアは睡眠不足で睡眠薬を服用している。

　このことがあった次の日の夜に、ヒロウ氏が突然
ジョシュアのマンションに行くと、もう睡眠薬を飲
んだ後だったようだ。車で１時間半で到着。家は暗
闇である。荷物をそっと置いて、近くの駐車場に車
を入れて歩いていくと、ジョシュアは起きてはいた
が、ソファーに座ったまま、眠そうな顔をしている。
初めてのことである。いつもなら、はしゃいで出迎
えに来るか、少なくとも、玄関に置き捨ててある鞄
は部屋の中に入れてくれる。今日は様子が違ってい
た。

　暑くて体中が汗ばんでいるので、シャワーに入っ
て出てくると、だるそうに歩きながら、「新物の梨
を買ったから」とそれを冷蔵庫から出している。荷
物を整理して、ベッドのそばにCPAP（無呼吸症

候群の人用の呼吸器）をセットして後ろを振り返る
と台所にいたジョシュアの姿が見えない。トイレか
と覗くと、そこには誰も入っている様子はない。こ
の夜中にパジャマで外に行くわけはない。ワンルー
ム・マンションだから隠れるところなどない。台所
をカウンター越しに上から覗くと、ジョシュアは床
にへたりこんでいる。

「どうしたのか！」と問いかけても返事がない。と
りあえず、後ろから抱えて、足を引きずって歩かせ
て、ベッドの所まで「抱え押し」のような格好
で歩いた。その途中、「ベランダから飛び降りたく
ない！」とジョシュアは二、三度口にした。「何を
言ってんねん！」と言いながら、本来ならベッドに
押し倒すところではあるが、ゆっくりと座らせて、
それから上半身をベッドに寝かしつけて、ジョシュ
アが切り始めていた梨を切って、仰向けに寝ている
ジョシュアの口に含ませてやった。晩年の「智恵
子」に尽くす「光太郎」？

「大阪には山がない」とジョシュアは梨をキリリと

噛んで言う。

「あだたら山はなくとも天保山がある」と男は、ア
ホンダラと心で思いながらも、慰める。

「大阪には、本当の山がない」と女が叫ぶ。

　ヒロウ氏は、確かに本当の山も空もないのをひし
ひしと感じる。マンションのベランダから見える空
は、複数の摩天楼のマンションビルで無残に切り裂
かれている。ジョシュアは星が好きだ。夜空の月の
光や星の瞬きを見ると、涙を流す。

　能登半島の先端で誰もいない公園や田んぼの畔に
ブルーシートを敷いて星を眺めて涙し、天川村の洞
川温泉の林に車で入り込み、ボンネットを背にして
移りゆく星座を見て、悠久の世界に入り込んで涙し、
再訪した能登半島の黒い軍艦島の上空に、打ち寄せ
る波の音を聞きながら夏のオリオン座を眺めている
と、新月が静かに海から生まれたかのように昇って
来たので泣き、新穂高温泉の旅館の屋上で、真冬に、
エスキモーのように服を重ね着して、凍り付くよう
に澄んだ神秘の夜空を眺めて頬を涙で濡らしていた

ジョシュアの思い出が蘇ってくる。

　　恋夕べ沈む月行く
　　　　　　　山の端に
　　消える思いを
　　　　　　　照らす星あり

　ジョシュアが1/4に切った梨をさらに6等分し、梨を24個に小分けして、そのほとんどすべてを口に押し込んでやった。ジョシュアはそれを病床にいる「末期の老人」のようにむしゃむしゃと食べて寝込んでしまった。
　きっと、睡眠薬と梨の甘さで涙の天の川を超えて極楽にでも飛んでいったのだろう。
　「南無阿弥陀仏」

わずか 77 年

　ある女性（AJ）が『告白』（岐阜・黒川満蒙開拓団 73 年の記録）を何かの記事で知って、その本を買ってほしいという。アマゾンで見ると 2,500 円もする。高すぎる。それで我が市の図書館に行って注文したら、素早く京都府立図書館にあった本を送ってくれた。

　取りに行ってから数時間で読み終えた。敗戦後の満州からの本国への悲惨な逃避行を克明に描き切った『流れる星は生きている』とまた違い、終戦後、関東軍に見捨てられた岐阜県の加茂郡の黒川村の人達の苦境からの悲惨な自衛手段の話である。隣の日本人村の人達は匪賊の攻撃を前に集団自決していた。

　黒川満蒙開拓団には一人、少しだけロシア語が話せる人がいて、その人が闇にまぎれて、匪賊の包囲網を突破してロシア兵のいる兵舎に保護を求めるという手段に打って出た。それで、ロシア兵が来てく

れて、発砲すると匪賊は四散した。ところが、毎夜、ロシア兵に来てもらうわけにはいかない。来てもらわないとまた匪賊に襲われる心配がある。お礼として払うお金はない、供するまともな食べ物もない、何もない。

　そこで、村の中心的な男らの考えついた唯一の方法は、匪賊から村の人達を守ってくれるソ連兵に「人身御供」（慰安婦という言葉は避けたい。適当な言葉が見つからない）として10代の独身女性に性的な供応をしてもらうことだった（ロシア軍側からの何らかの交換条件的な要求はあったに違いないが…）。『告白』は黒川村のそうした女性の告白による記録集だった。

　戦後75年経って、その本人達が80歳代になって「決して語りたくはないが、語っておかねばならない」と思い、語り始めた戦争の悲劇の一つである。戦争はインパール作戦とか、硫黄島の玉砕、広島や長崎の原爆などの人々の悲惨な話だけではなく、関東軍が開拓民を置き去りにしたために、満州で行く

手を阻まれて集団自決した満蒙開拓団の人達や、集団が生きるために犠牲を強いられた女性達がいたことを忘れてはならない。

　軍や政府関係者のように情報が早く入って引き揚げてきた人達とは違い、75万人という満州の人々のうち、僻地に土地を与えられた日本の寒村出身者は、何の知らせも受けず、突如として現れたソ連兵や、自分達の土地を取られた中国人達に大挙して襲われたのである。

　これは、「匪賊」などと呼ばれる人達の側に立てば、そもそもひどい話である。思い起こすと、豊臣秀吉による朝鮮侵略も、「朝鮮征伐」と、あたかも桃太郎が鬼退治に行くかのように、我々団塊の世代の学校の教科書に書かれていた。記述はあまりに日本寄りで、日本政府によって勝手に「満州国」などという国を中国の本土の東北部に作られて、そこに続々と日本から移民を入れられて、自分の土地を奪われた中国の人々から見たら、日本人こそ「匪族」ではないか。当時、食糧事情が悪かったという話は

聞いたことがあるが、食いはぐれた人達を安易に他国に放り出すという政策には納得がいかない。そもそも、自分の国でもないところに勝手に国を作ってである。ヒロウ氏は糾弾する。国民に特別に高い税金を課し、あれだけ軍事費に予算をつぎ込んで数多くの戦艦や巡洋艦などを造り、戦車や銃や爆弾にお金を使い込んだことが、一般の人々の食糧事情を逼迫させた原因ではないのか、と。

　幕末から維新という暴力革命で政権を奪取され、「華族」の称号はもらったものの政府の要職から締め出された徳川時代の藩主達とは対照的に、長州、薩摩、土佐、肥後などの出身で維新のクーデターに功績があって、男爵、伯爵、子爵などの「爵」付きの称号をもらった者による我が国の富国強兵、国土拡張政策などが元凶となっている（共産主義を土台として帝国主義的な国家となった今の中国が同じようなことをしている）。

　世界における日本の地位の向上を図り、世界の覇権を握るイギリスやフランス、ドイツ、ロシア、そ

してアメリカなどと同等の地位にまで昇りつめよう
としていた薩長土肥の下級士族の成り上がりの者達
は、織田信長，斎藤道三、毛利元就など数多くの戦
国武将の「国取り物語」の東アジア拡大版続編のよ
うなことをしていたのである。

　維新の 1868 年から数えると、日清戦争で勝利し、
バルチック艦隊を撃破し、勝ってもいない日露戦争
に勝ったと浮かれ、第一次世界大戦、朝鮮戦争での
特需景気、そして太平洋戦争の初戦となる真珠湾攻
撃から終結まで 77 年間、戦争ばかりの愚かな歴史
であった。

情けない女ども

　乗り物のなかなどで、眠気がさしてきた時、まさかに、そこへながながと横になるというわけにもいかない。そういうときに、日本の婦人は、まず長い左の袂を顔にあてておいてから、居眠りをする。いまこの二等車のなかにも、三人の婦人がひと側に並んで、こくりこくりと居眠りをしている。みんな申し合わせたように、ひだりの袂で顔をかくし、列車の動揺に揺られながら、こくりこくりやっているところは、まるで流れのゆるい小川に咲いている蓮の花のようだ。……ちょっと見ると、この姿態はなかなか美しい。しかも、愛嬌がある。ことに、たしなみのある日本の婦人が、なにをするにも、つねにあでやかに、しとやかにと心がけて、上品なしぐさをする例として、とりわけこの姿態は美しく見える。それにこの姿は、愁いの時の姿でもあり、時にはまた、恋しい時の願いの姿でもあるので、なにかそこ

194

にいじらしいものがある。いずれにしろ、すべてこ
れは、うれしいときにも、ただ顔にそれをあらわす
ほかは人に見せまいと、多年仕こまれてきた婦人と
してのつとめの観念から出たものである。

〔小泉八雲　「旅日記から」（『心』平井呈一訳）〕

　近頃の「情けない女」の筆頭格は、電車で頻繁に
見かけるようになった「あくび女」である。派手な
化粧をしている女も、そうでない女も、ほとんどが
若者であるが（時には、中年女も）、人前で恥ずか
しげもなく、大口を開けて「あくび」をする。いっ
たい、どんな家で育ったのか、「お里が知れる」と
いうものである。その数の多さに情けなくなって涙
こぼるる思いに駆られるヒロウ氏は、またいつもの
ように溜息をもらす。

　家庭内での親の躾が悪いのか、本人の自覚が足り
ないのか、おそらくその両方であろうが、とにかく
情けない。よく恥ずかしげもなく、口の中を歯医者
でもない一般の人々に曝け出せるのか、その羞恥心

の無さに唖然として開いた口が塞がらないヒロウ氏である。眠くて、脳に酸素をとりあえず取り込むために、やむを得ずあくびをしなければならないとしても、少しは顔を横にそむけるとか、手を添える仕草さえもない。おおっぴらにグワーッとカバのように口を最大限に開けている。下品さをなぜ誇示するのか、ヒロウ氏は理解に苦しむ。

　ヒロウ氏は、ふと、D大学の恩師の発言を思い出した。ヒロウ氏はその先生をとても尊敬しているのだが、納得のいかないたった一つの発言がまだ頭にこびりついている。それは、「授業中、眠くなったら、あくびをしなさいと私は言ってるのよ」というものである。「そんなバカな！」とヒロウ氏は大いに疑問に思うとともに、教師がそんな生っちょろい考えをして教壇に立っているから学生がつけ上がるのだと憤慨したのである。

　故ダイアナ妃が日本に来て、国会内でこっそりとあくびをしているところをマスコミのカメラに捉えられて、それがテレビの報道番組で流されていたこ

とがあるが、その時にはヒロウ氏はそんな映像は撮るべきではないし、放映すべきではないのにと義憤を感じた次第である。それに、ダイアナ妃は大口を開けていたわけではなかった。

宮中の晩餐会に、平民が呼ばれたと仮定しよう。そこで、大口を開けて手も添えずあくびをする人はまあいないだろう。きっと緊張しているし、もしもあくびをしたくなったとしてもそれを噛み殺すに違いない。要するに、電車内という公衆の面前であるにもかかわらず、自分の部屋で一人でいるかのように振る舞うのは間違っている。おそらく、今大手を振っている「自分らしさ」という、身勝手な不道徳論理に従って振る舞っているからだろう。これがそもそも間違っている。

要するに、他人の口の中など、ヒロウ氏をはじめ誰も見たくないのである（よくあるテレビの食べ歩き番組の若いタレントが、下品な食べ方で大口を開けて食べて、その直後に決まって「ウマイ」と叫んでいるのも観たくないものの一つである）。突き詰

めると、そんな輩を見たくないのである。そんな人物はテレビの枠から、電車の窓から、外に放り出すべきだとヒロウ氏は考えるが、それは言わない（ここで言い放っているのは、ヒロウ氏に同感してくれるだろう人と同年輩の人だけがこの本を読んでくれるという設定だから、それでいいのである）。

　授業中のあくびの話に戻るが、教壇に立っていた生前のムロウ氏なら学生が一斉にあくびをするとか、次々にあくびをするとか、そんなことがあれば、学生に授業が退屈であると意思表示をされているとして気分を害したに決まっている。マナーに反するばかりでなく、教師を侮辱するものだと断定する（それを「是」と考える恩師には反発を覚えるのだが……。きっと、まだ学生に品位があり、大口を開けて、これ見よがしにあくびをするような学生がいなかった良き時代の話に違いない）。

　とにかく、世の中は弛んでいる。あくびが出るような社会である。都会の空気は澱んでいる。田舎でも偏西風に乗って中国からやって来る汚染物質が混

入した空気は嫌でも吸わなければ生きていられない。空気がフレッシュではないのに、週末に田舎に行ってもリフレッシュなどできるわけがない。

　なんとか、この今の日本の情けない風潮を一新し、太平洋の新鮮な空気を運ぶ「偏東風」でも吹かすことができないものかと、流れゆく白い雲をぼんやりと眺めて、ヒロウ氏は一人でこっそりあくびをする。

付記

　ジョシュアと知り合って30年近くになる。彼女は一度たりともあくびをしたことがない。ある時、「あくびをしたのを見たことがないんだけど、どうして？」と聞いた。その返事は「失礼でしょう」というものだった。躾なのか、気合なのか分からないが、そういう礼儀正しい人もいることを付け足しておく。

たわごと

男　僕、作家志望です

女　皮下シボウか何か？

男　作家になりたいんです

女　勝手になったらいいじゃない

男　勝手になれるもんじゃありません

女　どうして？　なんか書いたら作家でしょう

男　売れる作家

女　浅はか

男　応援してください

女　いや

男　そんな冷たいこと言わないで

女　フレー、フレーって言ってりゃいいの？

男　言葉じゃなくて、気持ち

女　気持ちなんて、言葉でしか表せない

男　体全体で応援してるって雰囲気がほしい

女　体全体？

男　そう、口先だけじゃなく

女　頑張って！

男　心がこもってない

女　だって、応援なんかしたくないもん

男　長年の付き合いなのに、寂しい

女　期間が長いだけ

男　密度は？

女　90歳のおばあさんの骨密度ぐらい

男　スカスカ

女　じゃあ、80ぐらいにするから

男　スカ

女　はずれクジのよう

男　ゼッタイに直木賞とりますから

女　植木ショーでもしたら

男　なんですか、それ？

女　苗木を植える農家のショー

男　僕は百姓じゃない

女　差別語だ

男　百姓が？

女　水のみ百姓

男　どういう意味ですか？

女　不作で食べるものがなくて、水ばっかり飲んで
　　いる昔のお百姓さん

男　湯のみ百姓っていませんね

女　いる

男　どこに？

女　お湯のみ持ってるお百姓さん

男　それって、無理がある

女　あなたの直木賞のほうが無理がある

男　芥川賞なら？

女　茶川賞なら可能性あるかも

男　駄菓子屋賞ですか

女　あなた、見たんだ

男　泣けましたね。茶川とあの男の子が走る最後の
　　シーン

女　あなたも、あんな感動的な作品が書けたらもら
　　えるかも

男　Always 三番街のネオンじゃ？

女　Always 番外地の赤ちょうちんにしたら？

男　飲みに行こうよ

女　今日？

男　そう

女　今から？

男　そう

女　もう８時だよ

男　まだ８時だ

女　私、寝る

男　子供じゃあるまいし

女　人が何時に寝ようが大きなお世話

男　今頃寝たら、真夜中に目が覚める

女　体力ないのね

男　寝るのに体力いるの？

女　いるに決まってるでしょう

男　考えられない

女　だって、年寄りって朝早く起きるでしょ

男　それが？

女　体力ないから、長いこと寝てられないのよ

男　体力がないから、目が覚めるってこと？

女　そう

男　信じられない

女　あなたの実年齢、高いんじゃない？

男　普通

女　真夜中に目が覚めるんでしょ？

男　いつもじゃない

女　そうなの

男　じゃあ聞くけど、赤ちゃんが12時間も寝るの
　　はなぜ？

女　眠いから

男　体力は？

女　赤ちゃん次第

男　話から逃げてる

女　じゃあ、成長するのにエネルギーを消費するか
　　ら

男　違う、頭がデカすぎて起きてられないから

女　頭デッカチなのはあなたでしょ

男　オシリでっかちなのは？

女　なによ、それ！

男　鏡で見たら

女　嫌な男。セクハラだ

男　セクハラなんて言う女は、決まってブス

女　差別語

男　ブスが？

女　ヒボウ語

男　漢字、書けない

女　かんじなんてなくせばいい

男　ひらがなばかりじゃよみづらくてしかたがない

女　ローマ字は？

男　そんなの外国の侵略

女　マジで？

男　それ、ギャグ？

女　良くなかった？

男　ぜんぜん

女　だめか

男　今考えてる企画があるんだ

女　何の規格？

男　世界全部を舞台にした企画

女　規格外

男　人間だけじゃなく、動物も扱う企画

女　規格以下

男　太古の時代から現代を経て、未来に続く企画

女　新しい規格の基準がいる

男　登場人物が一人もいない小説では？

女　どんな動物が主人公？

男　絵本じゃない

女　クリストファー・ロビンのいない『くまのプーさん』

男　不条理の小説

女　意味が難しい

男　概念の世界

女　見えない

男　見えない世界を小説にする

女　ファンタジー

男　心で読む

女　気持ちで見る

男　神と合体した小説

女　ホッチキス的

男　なに、それ？

女　紙を合体させる器具

男　僕達、カミあってない

女　上高地、一緒に行ったね

男　高知には行ってない

女　ヘアピン買って

男　僕は坊主でも神父でもない

女　神父って、ファーザー？

男　たぶん

女　マザーは？

男　マザー・テレサ

女　シスターは？

男　修道女

女　私、修道女になりたかった

男　性格的にムリ

女　ひどい

男　嘘はつけない

女　傷ついた

男　どこ？

女　ハート

男　ハートの女王か

女　なに、それ？

男　首切り女

女　不思議の国のアリス？

男　めまいがする。大きくなったり小さくなったり

女　あんな薬がほしい

男　大きくなるの？　小さくなるの？

女　大きくなって、あなたを踏みつける

男　オシリで？

女　バカ

男　家から出られなくなる

女　壊す

男　住む家がなくなる

女　負けた

男　場所がない小説って書けるかな？

女　無理

男　特定の名前なんかなくて、ユニバーサルな場所

女　トイレ？ バスルーム？ 病院？ お茶室？

男　茶室？ そんなんじゃなくて、島根

女　ローカルすぎる。警官が実直すぎてウザイ

男　どうして

女　引っかけられて、捕まった

男　何したの？

女　「そりゃいけん」、と言われたこと

男　違反して、意見されだんだ

女　ユニバーサル・スタジオは？

男　特定の場所

女　私、年間パス持ってる。行きたい？

男　パス

女　行きたくないってことね、私と

男　誰とでも

女　変人

男　何も起こらない小説は？

女　ストーリー性に欠ける

男　筋書きのない話

女　もう寝る

男　どうして？

女　何も起こらない話が長すぎる

男　飽きる？

女　誰でも

男　観客のいない劇、読者のいない小説

女　むなしい

男　人生の写し絵

女　人には周りに人がいる

男　偏ってる

女　仲間が？ 性格が？

男　類は友を呼ぶ

女　わけが分からない

男　性格が偏ってる人の仲間の性格も偏ってる

女　偏見かも

男　自信ある

女　経験から？

男　観察から

女　いい作家になるには、しっかり人を観察できな

　　いとね

男　監察官もしてた

女　いつ？

男　昭和時代

女　懐メロの世界…か

男　懐かしいでしょ

女　ずっと昔のこと

男　歴史になった

女　時代はどんどん変わっていく

男　ついていけない

女　時代に取り残される

男　だから、新鮮なジャンルを考えてる

女　時代をクリエイトするような……

男　誰も考えてないことって、誰に聞いても分から
　　ない

女　自分に問うだけね

男　自分で答える

女　無理だ

男　永遠に

女　命のある限りか
男　苦しい
女　それがあなたの生きがいかも
男　……。

　一人でこうして二人になって語り合って時を過ごすヒロウ氏である。
　だから、疲労困憊して眠る。時は去りゆく。そして、また明日が……。

喜劇から悲劇へ

　ある本に英国の 100 年ほど前の演劇の話がとても
おもしろく書かれていたので、ここにそれを英語の
まま挙げて、拙訳を下に付ける。

Comedy reflects the psychological climate of the time.
喜劇は時代の心理的な風土を反映する。

The Edwardian dramatists remarked the weakness and
foibles of a complacent, opulent society, but they saw no
vices that required the lash of satire. The targets of their
ridicule were: selfishness and snobbery, the desire of
rich Colonials to climb the social ladder, and of Society
mothers to find eligible husbands for their daughters……
and the worship of material success, woman's propensity
to fib and gossip and appear younger than she is.

英国のエドワード 7 世時代（1901-1910）の劇作家は、贅沢で悦に入った社会の弱点と欠点に着目し、それらに風刺の刃を向けることを意にも介していなかった。彼らの嘲笑の矛先は、利己主義、俗物根性、植民地支配で財を成して、社会階層を駆け上がること、社交界で母親が娘にお目当てのお婿さんを探すことだった。……そして、世俗的な成功を崇拝することや、女性の軽薄な言動やゴシップ好きや、外見が若く見えることに執着する性癖へも矛先が向けられていた。

The world after the war presented plentiful material for comedy: the break-up of the family,the decay of manners and the increasing disrespect of young people for their elders; the extravagance of fashion; the boyishness of girls and the girlishness of young men; the craze for speed……slangy affectation of the 'bright young things' and all the other manifestations of neuroticism……. It might have been expected that the twenties would be an

Age of Comedy.

第一次世界大戦（1914-1918）の後、多くの喜劇の素材が至る所に見られるようになった。家庭の崩壊、行儀作法の衰退、若者が年長者に対してますます敬意を払わなくなり、無節操なファッション、若い女の男性化、若い男の女性化、スピードに対する熱狂、「派手で新しい物」に執着する下品さ、さらに他のあらゆる神経症など……。予期された通りに1920年代は喜劇の時代となるかもしれない。

　これを読んでいただけたら分かると思うが、現在の日本の世相と100年ほど前の英国の世相が酷似していることに、私は人の世の「連なり」を感じる。今日の日本は、蚊取り線香のように一世紀を経て一周し、地理的には異なった国の事情に遭遇したのかもしれない（ただ、日本が100年遅れで、英国の後を追いかけているということかもしれないが…）。
　この本には、これに続いて、次の時代にはバー

ナード・ショーの論理的な喜劇が生まれ、そして、世界主義（cosmopolitanism）がサマセット・モームの辛辣な風刺によって揶揄されるようになったと述べられている。世界主義というのは、今言われているグローバリズム（globalization）のことである。ヒロウ氏にはグローバリズムだけは受け入れがたい。

　個々の異なった文化圏同士が仲良くなり、それなりに付き合っていくのはいいが、それが入り混じってしまうと、日々ごたごたといろんな問題が起こるはず。まあ、町内会とかがない高層マンションでは、日々の軋轢は昔の日本社会と比較すれば今は段違いに少ないとは思うが、日本の風習も知らず、土足で家の中に入り、立ち食いをするようなマナーの悪い「外人」（outside person）とは一緒になど暮らしたくないものである。もちろん、マナーの悪い「内人」（inside person）とも。できるだけ「悲劇」は避けたい。

笑顔で正しい食事

　便利な「調理家電」という話を聞いた。その家電製品は、その中に具材と調味料さえ入れておけば、勝手に料理を仕上げてくれるらしい。

　これを聞いて最初に頭に浮かんだのは、「なんと情けない、今の若い女は！」といういつもの反応である。日頃、「若い女のすること、言うこと」すべてに情けないと思っているから、ここでも同じ反応が出る。昔は花粉の時期だけに鼻水とくしゃみが出ていたのに、今は年中それが出る。それと同じようにクシャクシャする女にアレルギー反応が出る。

　ここで、鼻を冷やすのではなく、頭を冷やして少し冷静になって考えてみる。文明は便利で「早いもの、楽なもの」に進んでいる。それが「進歩」と定義される。私の生涯の中で起こった事例だけを見ても、家庭内で、洗濯機、炊飯器、掃除機（今なら、ルンバ）、電気冷蔵庫、羽根のない「扇風機」（送風

器と呼ぶべきか）、エアコンなど、他にもあるに違いないが、とりあえず頭に浮かぶものを書き連ねてみた。

　これらは見ても分かるように、「便利」なものだ。この便利なものは、女性の労働を軽減し、「暇な時間」を与えた。教育者の私からすると、学校内の「ゆとり教育」にも似た、「ゆとり家庭／家事」だ。これは人間を堕落させる、とすぐ極論を言いそうになる。しかし、便利な器具も使い方次第である。その器具によって「生まれた時間」をしっかりと役立てたら、人間も家庭も豊かになるはずである。

　ここで、このことについてもう少し考察してみた。洗濯機、これはたいがいの物は手洗いよりもきれいに洗える。特に、大きな物は大助かりである。炊飯器も、ほとんど反対する主婦はなかったのではないだろうか。電気冷蔵庫、それまでの長方形に切って配達される氷の塊を買って、それで冷やしていた頃から比べると大飛躍で、毎日買い物に行かねばならなかった頃からすると夢の時代である。

　食品にしても、日清のチキンラーメンが 1958 年に発売されてから、レトルト食品が出来、冷凍食品が出回り、料理に時間を費やすことが少なくなった。そこに、外食産業ブームが加わり、それが定着してきて、土曜日の昼や夜などになると、バイパスや国道沿いに高く大きな看板を掲げたチェーン店の駐車場は満車状態である。さらには、デパチカの食品コーナーには仕事帰りの女性や、仕事などしていない専業主婦？も群がっている。大型スーパーにも、ここぞとばかりに並べられた惣菜コーナーや弁当売り場にも同種の主婦や若者をはじめ、老齢の夫婦や一人暮らしの老人が集まっている。

　弁当などを見ると、びっくりするほど安い。品数が多くて、一人暮らしの人が作ろうと思ってもできないほどの品数の物が、透明のプラスチックの蓋で食品が見える弁当箱に入っている。

　私は買いはしない。見るだけ。こんなに安く出来上がっているのにはきっと裏の理由があるに違いないと思うから、手に触れたこともない。大量生産で

人件費の削減により安くなっているという理論は一見正しく感じるが、だからと言ってそう簡単にその商品がいいと信じてはならない。

　安い物が売れる時代の今、大量生産の物が売れて、昔のやり方をしている店は潰れる。これが、大型スーパーの独り勝ちで、小売店が潰されて日本中の地方都市はもちろん、大都会でも商店街は至る所シャッター通りになっている。これが、さらに進むと、超大型スーパーは、その儲け幅を大きくしようと商品のコストを下げる。品もあらゆるところから一番安い物を仕入れる。

　腐りかけている肉には、発色剤を塗りつけるし、放射能に汚染されている野菜も、弁当に入っていれば産地がどこなのか表示がないから分からない。それに防腐剤に漬けられたキャベツ、危険な調味料、凝固剤、膨張剤、かんすい、乳化剤、ゲル化剤、安定剤などの人の心を不安定にするような恐ろしい添加物や様々な着色料、発色剤、漂白剤まみれの食品を提供する。こうして、超大型スーパーが他のスー

パーをどんどん蹴落としてしまった。ヒロウ氏はそんなスーパーには、意地でも行かない。その中にある映画館もしかり。

　政治の世界でも、いろんな国で権力を自分一人で掌握して「暴君」になっている者、なりつつある者がいる。危険な世界だ。食品の世界も同様だ。どこかの天下り集団が作ったのだろうＳ庁なるものの危険な組織がある。「Ｓ庁認定」などというレッテルの貼られた商品がスーパーの棚に並んでいる。工業製品を輸出する代わりに、交換条件で決まった食品関連の品の輸入は危険がいっぱいだ。貿易摩擦を起こさないために、アメリカ人が吸わなくなったタバコを日本の専売公社が日本人に売りつけた歴史を思い起こせば、分かることである。

　話は、大筋において逸れてしまったが、今は女も男のように外で働かざるを得ない社会になってしまったために、自分の子供を自分で育てることもできず、自分の大切な家族の食事も作ることもできない状況に置かれている。せめて「安全で栄養価の高

い食事」を一家団欒の場で、笑顔で食べられること
を望むばかりである。

日本語のひらがな化の謎：一つの解明

　日本の各地を旅行して気になることがあった。それは、なぜ日本の地名、特に河川が「ひらがな化」しているのかである。ここ数年ずっと謎であった。昨日までは、マンガ世代の者達を最年長に、それ以下の若い連中には漢字が読めなくなったからに相違ないと、いつもながらの勝手な解釈をしていた（それ以外に理由が見つからなかったからでもあるが……）。

　今日、大学のオンライン授業の定期試験の採点作業を手伝っていて、評価点をつける際に、コンピュータの画面上の名簿と学期初めに送付された書類の名簿が合致していないことに困惑した。コンピュータでは、名前の配列を瞬時に自由に並べ変えられる設定になっているが、今開けている画面は名簿（苗字）順である。それなのに食い違っている。名前順というものがあった。それにしてみると、

「姓」ではなくて、「名」の順になっているのである。呼び名順など日本では何の役にも立たない。なぜ何の役にも立たない、「名簿順」や「名前順」（呼び名順）などがあるのかわけが分からない。どの順でもいいから、学期初めに送りつけてきた順に揃えておいてもらわないと、照合するのに時間がかかってイライラしてくる。この他にも、「ステイタス順」というのがあった。社長、部長、課長、係長、平社員順？ 名誉教授、教授、准教授、講師、助手順でもあるまいし、学生相手にいったい何の順番なのか分からないのでこれは無視する。

　それで、しかたなく「名簿順」に従い、一人ひとり、出てくる順に採点して印刷してある紙の名簿のその人物の欄に点を記載するという手間のかかる作業をしていたが、それをしているうちにハッと気が付いたのである。その「名簿順」の「謎」が解けたのである。ヒラメキである（たいしたヒラメキではないが、当人はそう思っているのだから、ここはとりあえずそういうことにしておいていただきたい）。

　この「謎」が分かる人がいるのかどうか試してみたくて、うずうずしている（この名前の表は、どこの大学のどこの学部の学生か分からないように細工してあります。どうか試しにやってみてください）。

　前置き。長年教員をしてきたが、過去に遭遇した日本の名簿のすべては、例えば、有田→井上→上田→江川→小田のように「あいうえお」順だった。下記のコンピュータのものはとても変てこで通常の日本人には理解不能な名簿だが、一応、これはこれで理に適っている。

　以下のものが、その変てこな「名簿」の最初の人物から順に９人目までだ。名簿に記載された苗字の最初の文字はそのまま使ってある。２つ目の漢字は変更した。［例えば、安井なら安田に］　では、その問題の名簿をご覧ください。

1.安田　2.為末　3.永井　4.横田　5.近松　6.三井
7.山本　8.松山　9.森田

「インディ・ジョーンズ」や「ダビンチ・コード」
ほど謎は複雑ではないが、しばし、この混乱した教
育界のオンライン授業に関しての謎解き遊びにチャ
レンジしてみてください。解答は次の次の次の「一
つの解明の解答」に上げておきます。

真正のおばあさん？

　朝の散歩の途中の出来事である。いつもの道を歩いていると、チョコマカと3、4歳の年頃の、大阪では見たこともないほどの、可愛い女の子が笑顔を振りまいて玄関口に出てきた。思わず、一緒に歩いているジョシュアに割と大きな声で、「可愛い子だね」と言い、その子供の後を追って出てきた老婦人に「可愛いお子さんですね、お婆さんにそっくりで……」と褒め言葉を言った……のだが、その老婦人は苦虫を噛み潰したような歪んだ笑顔を返してきた。ヒロウ氏は、なぜ褒めているのにソンナ顔をされるのか理解できなかった。

　その場から離れて、声が届かない所に来ると、ジョシュアが小声で言った。

「あの人、あの子のお母さんよ！」

「エッ?! ホント?! 60代後半か70代じゃないの？」

「白髪だからそう見えるけど、肌がまだつやつやし

227

ているから、きっと40代後半」

「40代の半ばに子供を生んだってことだね。大丈夫なのかい？」

「3人目かもしれないでしょう」

「じゃあ、あの子が成人式を迎える時には、還暦を過ぎて70歳前の真正のおばあさんだよ。子供がかわいそうだ」

「そんなの、あなたの決めることじゃないでしょう」

「決めているわけじゃないけど、そう感じるんだからしかたない。何事にも、旬があると思わない？」

「人は食べ物じゃないから、難しいわ」

　そんなことがあってから1年ほど経って、コロナ禍の中で、またしかめ面をされる場面を作ってしまった。それは銀行のことである。定期預金にしていたものが、いつの頃からなのかは知らないが、放置したままにしておくと、国に没収されるかもしれないという噂を聞いて、急いで銀行に走ったのであ

る。そこで、スリープ状態の預金を「覚醒」させる
のに手間がかかるのか知らないが長い間待たされて
いた。その間、銀行の受付係のような人と親しく
なって、話し出した。

ヒロウ氏：（通帳にかこつけて）僕は年なので、ス
　　　　　リープしたまま覚醒することもなく死んでし
　　　　　まうかもしれませんから。
受付の女性：私よりお若いのに。
ヒロウ氏：そんなことはないと思いますよ。同じ
　　　　　ぐらいでしょう。
受付の女性：いえ、きっとお若いですよ。
ヒロウ氏：若くなんかないですって。同じぐらい
　　　　　ですよ、きっと。僕は 71 ですから。

（これで一巻の終わりであった。女性はしかめ面を
した）

受付の女性：私まだこう見えても 61 ですが……。

ヒロウ氏は思う。これでは、言葉のトリックに
引っかけられたようなものだ。だいたい、マスクが
悪い。お互いにマスクをしていて年が分かるわけが
ない。

（ジョシュアのマンションでこの顛末を話した）

ジョシュア：それは失礼よ。だいたい、女性に年
　　　　　　の話をするのが間違ってるのよ。

　確かに、お陀仏したら、スリープ状態のお金は国
に没収される話をしたからだが、年齢の話を吹っか
けてきたのは相手である。それに引っかかったよう
なものだ。もう二度と女性と年の話をするのはやめ
ることにした。

バイアス反対

　ラジオから聞こえて来た「性的バイアス」という言葉に引っかかってしまった。せっかくの楽しい読書が停止したのである。ながら族の受ける天罰なのか。どうしてアメリカ帰りの若い女エセ学者どもは「性的な偏見」と日本語で正しく言える言葉があるのに、わざわざ人には分からない言葉を使うのか！自分が「お偉いお方」だと印象づけるためなのか?!「バカタレどもめが！」と、生前の自分を思い起こしてヒロウ氏は憤る。ラジオを聞いている者のおそらく８割以上がその「バイアス」の意味を知らないだろうに。だいたい、フェミニストは社会を見る目がないことを自ら証明している。

　８割以上の人がその意味を知らないと知っていて、そんなややこしい言葉を使っているのなら、それこそ、「高慢ちきでイケスカナイ女」だ。

　それに、由緒正しき「偏見」という日本語を知ら

ないのなら、ジェーン・オースティンの『高慢と偏見』さえ読んだことがないに違いない。何も考えないで、自然に口をついて出てくるから使っているのなら、使う国が違っている。独りよがりである。使う場所をわきまえるべきだ。

　学術用語として使用するのなら、「バイアス・リサーチ・インスティテュート」の研究発表ではないのだから、最初に bias という語の説明をして、次からその言葉を使わねばならない。フェミニスト仲間が通常に使っているからといって、公共のラジオ番組で使うのは控えるべきだ。

『20世紀の演劇』の著者リントン・ハドソンは、自然主義の劇作家のジョン・ゴールズワージーの作劇法を褒めて、次のように語る。The naturalistic play should be an excerpt from life presented without partisanship or bias. （自然主義の劇というものは、派閥感情や偏見なしに現れる人生の抜粋であるべきだ）

「偏見」もなく、自分の意見に凝り固まることなく、自然に振る舞って、日本人なら誰にでも分かる言葉

で、皆になるほどと思われるような説得力のある論
調で話を進めてもらいたいものだ。

　そんなことを頭の中で考えて怒りながら本を読み
進めていたら、次のような考えが浮上した。

　江戸時代にホスト・クラブなどはなかった。女性
が自活できるようになると、とんでもないことが起
こってきた。アメリカ社会の離婚率を見ているだけ
で、何でこんな社会の真似をしようとするのか、ヒ
ロウ氏はこの女に猛省を促す。社会の基本は家族で
ある、まともな家族もいないのに、まともな社会が
成立するわけがない。イスラエルのキブツ（社会主
義的な集団共同体社会）も現在では国民のたった
3％と崩壊の寸前にある。共同社会で子供を育てる
という試みも成功したとは言えない。両親がしっか
りとした家庭を作り、温かい家庭で立派な子供が育
ち、その子供が成人となり、立派な社会が構成され
る。崩壊した家庭の集合体を形成している社会の真
似をしてはならない。日本には日本の良き文化があ
る。

一つの解明の解答

1. 安田　2. 為末　3. 永井　4. 横田　5. 近松　6. 三井
7. 山本　8. 松山　9. 森田

　まず、この無作為に並んだように見える名前の
リストにそれなりの意図を察知したのは、これは
ひょっとしたらバカなコンピュータが若者と同じほ
ど字が読めないのではないかと思ったことから、解
法が分かった。解いてみれば、アホらしいほど簡単
だった。読み方は、すべて「音読み」で、オープン
キャンパスに来ただけで、その大学に入学できたと
思っているような今時の低レベルの高校生でないと
そうは読めないのだが、解答はこうなのである。

1.「あ」んデン　2.「い」マツ　3.「え」いイ
4.「お」うデン　5.「き」んショウ　　6.「さ」んイ
7.「さ」んホン　8.「し」ょうサン／ザン　9.「し」

んデン

と、ご覧のように、「あ→い→え→お→き→さ（んイ）→さ（んホン）→しょ→しん」と「あいうえお」順になっている。途中の「う」や「か」などが抜けているのは、たまたまこのクラスには「う」や「か」の音読みで始まる苗字の学生がいなかったからである。

　ここで、ずっと前に故ムロウ氏が話した「くずりゅう川」（屑流川）や「ちくま川」（痴熊川）の話に戻る。仮説であるが、コンピュータの国語力がこれほど低レベルだとするなら、国土交通省が河川を管理するのにひらがなを使ったほうが管理しやすく、コンピュータ上で煩雑な作業を回避できるのかもしれない。
　河川の氾濫などはひらがなにしたところで回避できるわけはないが、コンピュータに依存して河川のデータを「あいうえお」順に管理しているので、こ

235

んな安易な解決法に依存するようになったのかもしれない。

しかし、考えてもみてください。「九頭竜川」の雄々しい響きを全く無視してですよ！「千曲川旅情」の情緒をないがしろにしてまでですよ！

コンピュータ上で安易な発想から誰かが勝手にしているだけのことならまだしも、それを川に架かる橋の袂の看板にまで、コンピュータ上の都合でひらがなにしているとするなら、これは日本の伝統や文化の破壊行為で許しがたい。犯罪行為にも匹敵する「悪」であるとヒロウ氏は断罪する！

大学のオンライン授業も、多くの教員が成績評価をつける時の煩雑さにクレイムをつければ、最も安易な解決法はすべての学生の名前の表記は「ひらがな化」となるだろう。

グーグルが英語中心に考えているので、グーグルでは漢字が読めないのか、人数の多い中国のことだ

けを念頭において、読み方を中国風に統一している
のかは知らないが、嫌な世の中になったものだ。

　なんとか、こんなコンピータなどのない昔のゆっ
たりとした世界に暮らしたいものである。筆と紙が
あればそれで事足りる世界……。

「コンピュータを持たない、持ち込まない」そんな
世界にタイム・スリップしてのんびりと暮らしたい
とは思いませんか、同年代の方々？

師弟対話

　元生徒で、まだ現役で働いているのに、少年野球監督もしている人物がいる。それで、どうしても気になる高校野球の反則プレーについて質問してみた。

元生徒：今から15年以上前でしょうか、長男が小学校低学年の頃は確かに少年野球の選手達に向かって「高校野球は将来のためになるからよく観なさい（プロ野球は真似しちゃいけないので注意）」と言ってきかせたものでした。ところが今では、高校野球のすべてではないですが、ルールぎりぎりのプレーや、微妙でも通れば（バレなければ）オッケーというプレーがとても目立つようになっています。
　高校野球の場合は選手もさることながら、それ以上に指導者の問題が大きいように思っています。5、6年ぶりに日本に戻ってくると、ニッポンの素晴らしいところを日々実感します。例えば、食べるもの

がおいしい、食べるものが安い、店員さんが優しい。その一方で、ニッポン人は劣化したなあというところも目につきます。読解力が低下した。自分の誤りを認めなくなった。この二点は特に感じます。

　背景として感じているのは、前者については、ツイッターなどSNSの影響です。短い文、自分と同意見の文ばかりを読んでいる。長い文に隠された矛盾や、自分と異なる意見のポイントを読み取る力が低下している。

　後者については、一国のリーダーの生き様が社会に影響・伝染していることが一つ挙げられます。高校野球の変質も、これと同一線上にあると感じています。本人の問題であることはもちろんですが、私はやはり、周りの大人の問題について考えたいと思っています。家庭で息子達に、職場で若者達に、地域で少年達に、誤魔化さずに正面から向き合って、嫌がられても疎まれても、伝えるべきことを自分は伝えているか。そう振り返らずにはいられません。

　これも以前、先生にお話ししたことがあったかと

思いますが、イチローは、自分の主宰する少年野
球大会の閉会式に毎年遠路参加して、自分の思い
をメッセージとして選手達に伝えていました。最
終回の大会で彼が語った最後のメッセージの一つ
が、「厳しく教育することが難しい時代になってい
る、最終的には自分で自分のことを教育しなければ
ならない時代に入ってきた」という話でした。

　周囲から嫌がられても疎まれても厳しく伝えなけ
ればならない時には、そうする。これはしんどいこ
とです。まだまだ修行は続きます。

ヒロウ氏：動画のシーンを貼り付けてメールをしま
す。これは、君がドイツにいる間に見たシーンで君
はどう思うか、メールを出して聞こうと思っていた
ものだが、君も仕事で忙しいだろうからとその時は
やめておいたものです。URL を見てください。こ
の走者は以前にも同様のプレーをしているようです。
こんなことが許されていいものでしょうか。一塁の
審判はもちろん、二塁の審判、それに主審も見てい

たはずです。どうしてもっと厳しく指導しないので
しょう。

元生徒：前回出した反則行為の返事は、まさにこ
のプレーを念頭に置いて書きました。これがなけれ
ば、大阪桐蔭は春夏春夏４連覇という空前絶後の奇
跡を達成していたはずです。こんなプレーは、もち
ろん許されるものではありません。私が仙台育英の
監督なら絶対にこういう指導はしない。でも、逆に、
私が大阪桐蔭の監督なら話は違ってきます。こうい
う理不尽なこともひっくるめて、これもスポーツ、
これも人生、と思うからです。彼らは、中川くんも
根尾くんも藤原くんも山田くんも、これ無かりせば
経験しなかったことを経験しました。それが今の彼
らにとって、どれだけ生きる力となって実りを結ん
でいるか。長い目で見た時に、一つ一つの出来事を
どれだけ自分の生きる力にすることができるか。そ
こに指導者としての力量が問われてきます。六期生
への卒団式メッセージでも、この時の話をしました。

ヒロウ氏：「こういう理不尽なこともひっくるめて、これもスポーツ、これも人生、と思うからです」。このことについてですが、「スポーツマンシップ」というフェアープレーの大切さを教える言葉が「死語」になってしまったのでしょう。僕が子供の頃にはURLで送ったようなことをする選手はいませんでした。あんなことをする子供がいたら親は叱りました。あんなことを子供にさせる監督がいたら抗議しましたし、チームの親達に呼びかけて監督の解任の行動をとったでしょう。それでもその監督が辞めなかって、子供が野球を続けたいと言うのなら、その監督の指導だけは受けさせないようにしていたでしょう。どうして今の親はその子供の将来を考える「気迫」がないのですか！　確かにこの世の中、フェアーでないことがまかり通っていますが、「アンフェアーなことも人生だ」と子供に教えるのではなく、「正義」を貫く気迫のある人間に育ててもらいたいものですが、どうでしょう。子供の時に正し

242

く強い心を持った人となる「芯」を植えつけておけ
ば、不正などしない人に育つと信じています。

元生徒：今日もまた雨で、これから体育館練習に
出かけるところです。理不尽なことは人生におい
て一切発生しないと教える人がいるかもしれませ
ん。「理不尽なことは人生において発生する、だか
ら君も負けずに理不尽なことをやって生き抜きなさ
い、やったもん勝ちだ」と教える人がいるのも確か
です。でも私は、「理不尽なことは人生において発
生する、だけど君は（先生の言葉を使わせていただ
ければ）気迫をもって正義を貫け、理不尽に屈する
な」と教えたい。自分がそうしてきたからです。英
語米語という優越性を濫用するのも世の理不尽なら、
その英語米語に屈しないよう自分を磨くべし。同じ
英語米語を学ぶにしても、巻き取られて学ぶのか、
屈しないために学ぶのか、意味は正反対なのではな
いでしょうか。

「50歳代でできること、60歳代で、70歳代ででき

ることは、それぞれ違う」。これは、今年の正月に
高槻駅の喫茶店で先生から学んだ最も重い気付きの
一つでした。もう一つは、「小学生世代を主な対象
とすることは人の育ちにおいて大きな意味がある」
と思えたことです。おかげさまで、この気付きはそ
の後もずっと意識しています。またそれゆえに、ど
うしたものかと思案していることもあります。また、
あらためてご相談させてください。

　追伸、私がティエム＊に魅せられたのは、自分の
コートに入ってきたライン上のショットをアウトと
ジャッジした審判に、（もちろん相手プレーヤーは
激怒していたのですが）、今のはインだとティエム
が冷静に言ったのをスペインのテニス大会で見た時
です。それでも勝つ。サムライのような佇まいは、
バックハンドだけではありませんでした。
（＊注　ドミニク・ティエム、オーストリアのテニス選手、
片手打ちバックハンド打法が居合抜きの達人のように鋭い
切れがある。どことなくストイックな侍の風貌が魅力）

この元生徒は5年間ドイツに駐在していて、その間、日本では監督不在のまま、少年野球チームは存続していた。帰国してみたら、当然のことながら、当時小学校1年生だった子供が最高学年の6年生だ。監督代行に任せていた間に、親の考え方も変わり、指導方針のこととかいろいろと齟齬が生じる事態に直面した。

ヒロウ氏：外科手術はスパッと一発勝負で決まるような錯覚がありますが、成功しても、見ても無残な傷痕が残り、傷痕がもとで冬には疼いたりします。失敗したら、それで終わりです。生薬には即効性はありませんが、長い時間をかけて「体質」を改善して、組織自体に栄養と活力を与え、自らの体を強くして病原菌に勝つ力を与えることがあります。これは、よく言われる比喩ですが、すべてがうまくいくわけではありません。コロナに感染して、漢方薬を飲んでじっくり時間をかけて治そうと思っていても、

ウィルスの力が強くて体の組織が破壊されてしまうからです。君の問題は、ほとんど解決不可能な世代間のギャップによる考え方の違いにある可能性があります。今時の女子学生の話をします。一例にしかすぎませんが、その一例が大きな流れに対して、示唆を与えてくれることがあります。

　原題『Notting Hill』邦訳は『ノッティング・ヒルの恋人』という映画があります。知っているかもしれませんが、主人公はヒュー・グラントとジュリア・ロバーツです。淡い恋物語で、シンデレラ・ストーリーの男女の逆バージョンです。
　君と同年代で、今は大学で教えている僕の昔の生徒から一昨日聞いた話があります。彼女の教えている学生の発言です。

一人目：他の人の恋愛物語なんか見てもおもしろくない。
二人目：[映画のエンディングの後の「その後」の

ようなシーンでアナ（J. ロバーツ）が妊娠
していて、ウィリアム（H. グラント）のそ
ばで幸せそうにロンドンのマンションの庭の
ベンチで横たわっている姿がただ映されてい
るところがあります。それに対して、その学
生は言った］せっかくのハッピー・エンディ
ングなのに、子供が出来るなんて良くない。
私は子供なんかいらない。

　こう言ったというのです。これはとても極端な例
のように思えますが、そうではないということなの
です。

　気が付かないうちに地球環境がどんどん変化して
きているように、一見同じように見える「社会」が
地殻変動を起こしていることの一例なのです。そこ
をしっかりと捉えて、君は、言動や行動をする必要
があります。僕は、今のバカな人達を揶揄してエッ
セーを書いて憂さ晴らしをしているだけで、けっこ

う快感なのですが、君はそういうわけにはいきません。

　本を読まない世代、他者を理解できない、しようとしない人達が増えています。全く折り合うことができない土壌で育った人達を相手に、君はますますどう対処していくかの切羽詰まった場面に数多く遭遇することでしょう。

　一つの救いを求めるのなら子供達です。子供達は「白紙」の状態にあります。イギリス人の上流階級の家に育った子供は、イギリス英語をきれいに発音します。アイルランドの子供達は、アイルランド語が話せないのに、しっかりと両親と同じアイルランド語訛りの英語を話します。これを野放しにしておくと、そのままに成長しますが、子供の頃なら、矯正は可能です。英語が母国語である子供に大阪弁をしっかりと教えたら、英語も大阪弁も流暢に話すことができる青年になります。

　君は少年達の両親を変えることはできません。変えられるのは少年達です。野球を通して君が育てた

いと思っている青年像の「根」となる「根本の素
質」を育ててください（語学でいう音を識別できる
［シナプス：神経細胞の結合部］です）。

　それから、君も分かっていると思いますが、物事
は「時」が解決してくれることがあります。かなり
の頻度であります。あとは「解決」までに時間がか
かりますから、その間は忍耐しなければなりません。

　では、ウィスキーでも焼酎でもなんでもいいから、
飲みすぎず、あまり「一つの目で一つのことに溺れ
ず」に、「他者の目を持って」生きていってくださ
い。

（コロナ禍で行われているオンライン飲み会を真似
してスカイプで話してみた）

元生徒：昨夜は大変お忙しい中、大変貴重な、し
かも特例の「飲み会」にお時間を頂きまして、まこ
とに有り難うございました。最近ちょっと孤独な戦
いで参ってた感があったのですが、おかげさまで昨

夜は吹っ切れて、よく眠れてスッキリしました。八期生卒団式メッセージのメインテーマは、「財産を残すのも名を残すのも、なんか違うと思った、僕は人を残すことに決めた」、でした。中田翔のエピソードについてお話ししていて、なんかもっといい話だったような気がしたのでネットで確認しました。相手はチームメイトではなく小学生でした。確かにもっといい話でした。

　今ちょうど、コロナ禍の中、少年野球活動を再開して、新1年生の体験入部を開催しています。2年生以上の選手を観察していると、中田のように喜んで下級生を世話する選手と、そうでもない選手がいることが分かります。どっちが良いという話ではなく、選手達一人ひとりの素の性格が窺えて、いろんな適性が見えてきて、とても参考になります。

「まことを貫く」のは、苦しいけれど、幸せなことだとあらためて気付きました。苦しい道を選択したかもしれませんが、もう少し月日が流れたら、実はそれ一択だったということに愚かしくも気付くこと

でしょう。道中は迷い、迷いながら歩くので、良からぬことを考えたり余所見をしたりするものですが、昨夜のおかげで、自分の選択した道に確信を持てました。

　ホントに悪い人なんて実はいない。世の中を見抜く知力が不足しているか、目の前のことを怖れてしまう胆力不足か、その両方かがあるにすぎない。

　今日読んだ本で一番心に残ったフレーズです。

　ヒロウ氏は思う。生徒はもう50代半ばになっている。立派に成長したものだ。もう教えることは何もない。10代の最も多感な頃に全身全霊を込めて、中田翔のようではないにしても、時には兄貴分のように、情熱をもって指導したことが自分の心の財産になっている。そして人を残すことができた。もうそれで十分だ。

渡辺美佐子さん

　Ghost（ゴースト）という言葉から人は何を連想そうするだろう。イギリスならシェイクスピアの悲劇『ハムレット』に登場するハムレットの父親のように復讐の化身として意思を伝える霊、日本なら「恨めしや〜」とこの世に出てきた足のない女性の「お化け」や、小泉八雲の『怪談』に登場する「むじな（のっぺらぼう）」の類いだろうか。

　ここに、水木しげるが創造したキャラクターなどを加えると、ゴーストも妖怪の世界まで広がる。『ハムレット』のゴーストには足があり、音を立てて歩いてハムレットを驚かせる。洋画『ゴーストバスターズ』のゴーストにも足があり、体は透けている。

　西洋と東洋の霊を比較、考察すると、東洋と西洋との死生観の違いが分かる。肉体の復活を信じているキリスト教徒は、火葬されることを嫌う。そのせ

いか、ほとんどのゴーストは足のあるゾンビ姿である。

　今日の話は「霊」で、『ゴースト／ニューヨークの幻』という感動的な映画である。主演は、若きデミ・ムーアとパトリック・スウェイジで、男女二人の死線をまたいだ恋愛物語である。男が事件に巻き込まれて殺害され、女に危険が身に迫っていると霊媒を通じて知らせ、愛を語って永遠に彼女のもとから去るという物語である。霊の存在を受け入れやすい日本人には、特に共感できる。

　ここで、本題に入るのだが、女優の渡辺美佐子さんの話を紹介したい。彼女には小学校の頃の初恋の男の子、「たつお君」がいた。まもなく、たつお君は転校していって、美佐子さんはたつお君の苗字も知らないままであった。

　ある時、会いたい人を探して会わせてくれるという番組に出演が決まり、彼女は、そのたつお君を選び、製作スタッフに依頼した。

　美佐子さんは、数十年ぶりに会うことになったた

つお君がどんな中年男性になっているのか楽しみにしていた。ところが、当日、番組に現れたのはたつお君ではなく、彼の老いた両親だった。渡辺さんは、両親からたつお君が疎開先の広島で原爆直下で犠牲になり、亡くなったことを知る。

その後、美佐子さんは原爆の悲惨さを語る「夏の雲は忘れない」という朗読を始めた。日本各地を暑い夏に回り、35年間、休むこともなく、85歳まで長年それを続けた。そんな高齢になるまでやり通すことができたのは、霊となったたつお君の存在があったからなのだ。

ヒロウ氏は、霊は見えなくても存在するものだと思っている。原爆ドームのそばに原爆直下で亡くなった学童のための慰霊碑があるのだが、YouTubeに雨が降る中、美佐子さんが花を手向けるためにその慰霊碑を訪れるシーンがある。その慰霊碑の一番右端には「水永龍男」と刻まれている。一瞬でこの世から消滅してしまった無名の魂が数多くある中、たつお君の名前が存在していたのだ。

「ここにいるよ」と言っているかのように。美佐子さんがたつお君に会いたいという気持ちを30年以上も持ち続けていたように、たつお君も美佐子さんを呼んでいたのに違いない。

　二度の恐ろしい原爆によって瞬時に命が奪われた日本の人達の数は20万人近くで、その後の5年以内に被爆が原因で14万人もの人が亡くなっている。今、世界中でそれ以上の人々がコロナ感染によって亡くなっている。でも、これは、中国やWHOの不作為の行為があったとしても、誰かの意図でなされたものではない。原爆は歴史上、過去に例を見ない、人間による意図的な大量殺戮行為だ。

　原爆は、一瞬にして、「たつお君」の体を消滅させてしまった。では、その魂はどうなったのだろう。ゴーストという言葉の本来の意味は、spirit 即ち、「心、精神、霊魂」だ。

　日本には古来『古事記』の神や「八百万の神」が存在し、太陽、山、自然のあらゆるものに霊が宿っていると信じられていた。大自然にはいつでも接す

ることができる。時間を作ってそこに出かけよう。

　京都にはたくさんの神社仏閣がある。今は、コロナのことで、幸か不幸か、物見遊山の他国者がいない。でも、コロナが収まったらまたにぎわうことは必定である。こうなると、京都の神社やお寺ではなかなか静かな雰囲気の中で霊を感じることなどできない。京都の町はずれの小さなお寺や家の近くの神社に足を運んでみよう。穏やかな雰囲気の中、玉砂利を踏んで、霊を感じ、心の乱れを鎮め、自らの魂を清め、あなたと話をしたいと願っている霊と話をしてみてはどうだろう。

interest

　NHK 嫌いなのに、ジョシュアに録画してもらっている「英雄たちの選択」という NHK のテレビ番組を観た。この日の主人公は平清盛である。見ていていろいろ考えさせられるところがあった中、3つのことを書いてみようと思う。

　1つは、当時、まだ物々交換の時代だったのに、清盛は中国の南宋のお金であった銅貨を日本でも通貨として通用するようにと考えたとのことだ。宋から来る船を直接、現在の神戸の港に入れて、交易と貨幣を独占することで莫大な富と権力を得ようとしたのである。

　史実はその結果を正しく残している。ローマ帝国、大英帝国、大日本帝国（なんと悍ましい名前であろう）が、歴史の正しい帰結として滅びたように、驕る平家も滅亡した。

　もう1つは、番組で語られた「貨幣の流通が増え

ると人の物欲が高まる」という論理だった。コロナ禍に見舞われる前の日本の政府を見ていると、観光立国などという謳い文句を掲げ、インバウンドなどというわけの分からない英語で外国人観光客を呼び込んで、金儲けしようとしたことで、日本人の物欲は確かに高まったとしか思えない節がある。

　旅行客だけでなく流通が盛んになったことによって、便利になったと良い面ばかりが強調されている。高速道路や国道を走るトラックの数の多さは、名神高速道路が開通した時代のいったい何倍に膨れ上がっているのだろうか。それに加えて、アメリカの荒野の一本道を走り抜けるような超大型トラックで輸送されている。こんな狭い島国の細い曲がりくねった道、山脈を突き抜けるために造られたカーブのあるトンネルが数多くあるのに、危険極まりない。今まで2人の運転手が2台のトラックで運んでいたのを、1台で済むのだから効率が良いということだ。人件費、ガソリン代の節約にもなるという論理だ。

　3つ目のことは「interest」である。中学校で「お

もしろい」という英語は interesting だと習ったし、高校に入って、interest には「利益」という意味があることを学び、英語教員になってから,「私利」という意味もあることを知った。

　この言葉の原義でもある「興味＝利益＝私利」という "interest" という言葉から経済と人間の欲望について考えさせられた次第である。

真剣勝負でフェミニストに斬り込む

「三宅民夫の真剣勝負！」という朝のラジオ番組が始まった。いつものにぎやかな出だしの音楽だけでなく、今日の内容はとても「聞き逃しにくい〈現代の女による雑音〉」だった。女権運動を声高に推める女、それもアメリカの大学に留学して、そこでのおぞましい「非文化」（とても「文化」とは呼べない、劣悪な習慣や考え方のことを指す）によって、頭脳が「非文化病原菌」によって損傷を受けて帰ってきた女が、この病原菌を日本中にバラ撒いているのである。

本人は自分が病原菌を持っていることなど知らないから、始末に負えない。無菌状態に置かれていた、あでやかでしとやかな「大和なでしこ」に甚大なる悪害を及ぼす。

こうした「邪魔臭い」（邪魔で胡散臭い）女の話す声を聴くのが大嫌いなヒロウ氏である。夏の暑さ

を避けるためにエアコンもつけず床に寝ている（高齢者の特技？）。致し方ないので、ヒロウ氏は床の上に置いてあるラジオの所まで寝ぼけまなこで這い寄って消しに行こうとする。ところが、まだ意識朦朧で体の動きが緩慢なのに、そんな女の迷惑行為のせいでラジオをわざわざ消しに行くのは癪にさわる。そこで、音は出したままにしておいて、故意にその音声は聞き逃そうと考えた。

　ところが、犬の吠える騒音と同じく、この女の「雑音」は聞きたくないのに、だんだん大きく聞こえてくる。それに比例するかのように怒りが込み上げてきて、やはりこの「雑音」に一撃を加えずして今日という日を過ごしてはならないという任侠心がむくむくと湧き起こってきて、黙視ではなく、「黙聴」しては男がすたる！と、カッとなって完全に目が覚めた。

　番組が終わるのを待って、わざわざネットの聴き逃し番組配信サービス「NHK ラジオらじる★らじる」を使い、その番組を再生しつつ、IC レコーダ

を鞄から出して、その番組を録音し、その「女の雑音」を再生して、その要点を克明に書き取ったのである。「内容」は次のようなものである。

　アメリカ帰りの雑音女（ZOO＝ズーっと聞いていて、ゾォーっと寒気がする）は語る。
　［聴いているのはへろへろのヒロウ氏（Mr. Hero）である］

ZOO：2003年に決められた「社会における指導的地位にある女性の管理職の割合を2020年までには30%にする」という目標があります。
Mr. Hero：誰じゃ！　そんな愚かなことを国民の総意を無視して、勝手に決めた奴らは処罰すべし！

　（ヒロウ氏は生前のムロウ氏より過激である［我らと同世代のイギリス人の多くもアメリカ人嫌いである］。アメリカで洗脳され、アメリカ文化の狂信者

となって、麻原「焼香」の軍団の構成員のように、まっとうな日本人を焼き殺そうと企む女どもと、そうした輩にへつらう気持ちの悪い少数の男女[おとこおんな][ダンジョではない]どもを断罪する)

ZOO：2020年までに達成するという目標に到達するのは今年中には現実的には不可能なので、2030年までの可能な限り早期に達成することに決まりました。

Mr. Hero：バカバカしい！　達成などされなくてよかった。今後も達成などされてなるものか。

　三宅氏は達成できなかったのはなぜか、今何が必要なのかと問いかける。アナウンサーの仕事柄、仕方がないとは思いつつ、こんなバカバカしいことを実[まこと]しやかにこんな輩に聞いてほしくない。口から出るのは、「アメリカ念仏」に決まっている。アメリカで偏向教育を受けて、自分の発言や行動が「正義」であると信じて疑いを持たない。ある意味、ア

メリカ帝国の手先になっている「非文化テロリスト」である。日本社会をアメリカのような狂った社会にしようと軽挙妄動する輩だ。PhD などといういかがわしい称号の御威光を借りて社会に跋扈する「学者」という「狂者」にご指導を仰ごうという愚かな番組である。こうしたことが頻繁に起こるから NHK テレビと絶縁したのに、こんなことをラジオでもされれば、ラジオまで絶縁せざるを得なくなる。これでは「NHK から国民を守る会」などという変な会の京都支部長になりたくなるかもしれぬ。

　この狂信者は、三宅氏の質問に対して、現在は目標の半分の 15% であり、ある地域では 28% を達成した所もあるが、全体として 30% を超えないと組織文化は変わらないという。

Mr. Hero：恐ろしいことだ。日本が「狂ったアメリカになる」という危険が迫っている！

　さらに、2016年には女性活躍推進法というものが、これも「極秘で」作られたようだ。ところが、法律は作られたものの、実際には、社会に「変革の兆し」がないとこの雑音女は嘆いている。ヒロウ氏は安堵する。まだ日本には叡智をもってそんな軽挙に組しない人が「日本文化を守る根っこの会」の地下組織のように存在していて、根付いた一人ひとりの総意が健全に社会で機能していて、こんな愚かな法に従おうとしないのだ。ひとまず安堵するが、警戒態勢は怠ってはならない。

「2003年から17年後の2020年までに（？）30%まで上げること」を要求された？　誰から？　それは現実的に実行不可能と30年まで延長した。「先進国」などと勝手な名前を付けた「便利主義、能率偏重、利益礼賛」型で「家族の大切さ、人の心の幸せ」を軽視したアメリカの価値観を、日本は受け入れてはならない。

　彼らは、今は自らのキリスト教さえ捨て去り、倫理観の基本を失くした輩だ。金の亡者だ。キリスト

教が西洋社会に流布していた時でさえ、自分達は神に選別された者で、異教徒を「barbarian」（野蛮人）として蔑視してきた。キリスト教が衰退したのは、20世紀に入って人が神の存在を否定し、極度に経済を優先させたからだ。

　日本では原爆が投下されてから75年の歳月が経ち、原爆を体験した人が極めて数少なくなってきている。現在、広島の原爆ドームは観光地化してしまっている。歴史に原爆の記録は残っていても、心や体の傷痕は消えてしまいそうだ。それは、傷を負った人達がもうすぐ全員この世からいなくなるからだ。戦争は絶対にいけないことだ。争いもだ。

　でも、日本の心の文化 VS アメリカの功利主義思想、日本人の美徳である謙虚さ VS アメリカ的な自己主張の強い女の横暴など、対立は解消されることはないだろう。その根底には、絶対に相容れない人種差別、性差別が人の心の奥底に潜んでいるのに違いない。

　自分達に優越意識があり、そこに正義を見出した

人間のする愚かな行為の究極が、戦争なのかもしれない。

この問題の女性の発言も、被差別者の心の叫びと思えば納得できるかもしれない。差別を受けた女性がその差別撤廃を唱えて行動を開始するというのは、正常な運動かもしれない。ねじれ現象の解消である。「ねじれ」がひどくなればなるほど、それに対する反発係数が増し、今日のラジオのような「はねっかえり」行為に見られるように、今まであった軋轢が倍加するようにエネルギーを発する。

やめてほしい。日本の国には、日本人の英知によって守られてきたものがあった。それが世界を知らない狂気の軍国主義者らによって起こされた太平洋戦争の無残な敗戦によって、日本はアメリカの「文化的属国」になってしまった。他の国のことを放っておいてほしいとヒロウ氏は思うが、薩摩長州が暴力革命を起こし、その時点から敗戦まで陸軍と海軍の中枢部が薩長出身者に独占されて、さらには陸軍の長州 VS 海軍の薩摩のような内部分裂してし

まった国の末路は、こうなるようにしかならなかったのかもしれない。

　それが家柄という血脈で今も続いている。長州流れの総理が、法を犯し、自分を守るために検事総長までも変えようとし、法もごり押しで変えようとした。数の力だけに「正義」がある民主主義の恐ろしさがここにある（ヒロウ氏は生まれて初めて「週刊文春」なるものを1冊買った）。良識ある国民は、みんなそれを知っている。悪いことをしても裁かれない今の社会。これによって、一般国民のモラルが極端に低下した。こんな不見識な人物が日本の総理になれるという国の組織は変えなければならない。

　今の解決法は、女性に頼るということなのだろうか。安易な解決方法である。女性が社会の指導部に30％以上いたら、社会が変わる？　確かに「替わる」だろう。でも、それが良い変化だという保証はない。ただ、頭髪が薄い年配の男性達が「このハゲー！」と励まされるようなになるだけかもしれない。

　愚かな男がいた。横暴な男もいた。今でもいる。

女は被害者であった。その被害者を救済するために
と、こうした動きが起こってきた。そこから動きが
加速して、ZOOのようなややこしい女が育成され
てきて、ややこしい社会を作ろうとしている。男も
女も大迷惑である。男が立派だと言っているのでは
ない。女は家にいて賢明であった。外に出るように
なって男のように社会に大迷惑をかけそうなので、
ヒロウ氏はため息を漏らしているだけのこと。

三宅氏： 社会がそういう方向に向いていくための
　　　　仕組みというのが必要だと思うのですが、何
　　　　かそういったものはありますか？
ZOO： 最近では、「ジェンダー投資」ということが
　　　　よく言われています。人権に配慮する会社ほ
　　　　ど成長が見込まれるという話が、投資家の間
　　　　で広まっています。

（ヒロウ氏は考える）　万が一、そうであるとして
も、投資家は人権に配慮することに興味があるので

はなく、その会社に何らかの思惑があり、投資家を
呼び込むための操作をしているということはないの
か。投資家など働かずしてお金を儲けようという輩
が、人権問題を考えて投資するとは到底思えない。
そこには政府からの補助金や何らかのおいしい話が
あるから、それに寄ってくるだけのことではないか。
　人権問題を放置する会社は経営リスクがあるから、
投資家が敬遠するからとZOOは語る。そんな馬鹿
な！　その「放置会社」がどんどん儲けたら、投資
家が、砂糖に群がるアリのように、集ってくるのに
決まっている。

　さらにひどいことには、ZOOは女性の人権を向
上させるために、この「お金」にまつわるウソの論
理で話を貫こうとする。そして、あらゆる職種でど
こに女性がいてどこに女性がいないのかを総点検す
る必要があるとも語る。

ZOO（続けて）：最近では、「エッセンシャル・ワー

カー」(Essential Worker) という言葉がよく使われるようになっています。コロナ社会になってこういう人達がいないと社会は回っていかないと考えられています。医療、介護、物流とか、スーパー。ここには女性が多く携わっていて、ここを総ざらえすべきなのです。

(また、ややこしい英語である。「社会の大切な担い手」とか、何か日本語では言えないのか)。

Mr. Hero（怒って）：コロナ禍で社会の最も大切な担い手（essential worker）は主婦ではないのか！
三宅氏：女性の置かれた地位の象徴が管理職の比率なのですね。
ZOO：そうです。
　　　［ヒロウ氏：そうではない！］
三宅氏：意思決定ということでは政治ですよね。

（ヒロウ氏）女性が入ってきて、政治がどう変わるのだろう。また違ったややこしいことが出てきて、それに付随してまた別の問題が起こる。そうすると、またそれに引っ付けて、女性の社会進出の比率が少ないからだと50％になるまで、それを一点張りに言い続けることだろう。手続きだけでも、3、4倍は煩雑になるだろう。ZOOは、税金の無駄遣いという人件費の問題を考えたことがあるのだろうか。

　さらに続いて、防災問題に移って、ZOOは女性が現場で活躍できないことをつらつらと語る。

ZOO：防災にしても、女性は炊き出しなどの小間
　　　使いのような役割でしょう。

　（ヒロウ氏の怒りがここで大爆発する）　炊き出しは大事な仕事ではないか！　兵站（へいたん）は軍事行動の生命線ではなかったのか。女が土砂や壊れた家財道具や、使えなくなった洗濯機、掃除機、テレビなどを運ん

で、男が炊き出しをしたらいいと言うのか！ 馬鹿者めが !!!

　ZOO は、女は家庭で料理、男は外での仕事と決められているのが憎らしくてしかたがないようだ。例外はあるとしても、ほとんどすべての地域、国、社会で、歴史を通じてそういうふうに男女の役割があったのは、社会の「最大幸福を追求するための、あるいは、生き延びるための英知」であったはずだ。

Mr. Hero：アメリカの流行り病に侵されたその頭に冷水でもぶっかけて、冷静に歴史を振り返ってみたまえ。その後で、より良い社会とはどんな社会なのかを考えてほしい。

ZOO：今の日本社会には女性の視点が必要なのです。

Mr. Hero（丁寧な口調で）：普通の女性の視点から考えるべきです。あなたのような考えを持っ

ている日本人女性は、はるかに少数なのです。あなたは、日本では女性の自立意識が低すぎるから、そんな無教養の女性では話にならないと思っているようですが、私から見れば、あなたのように突っ張って、アメリカ人の考えに染まって日本を非難するのは、日本が伝統的に造り上げた社会に害毒を流し、女性の女性らしさを奪い、彼女達を不幸にするものだとしか思えません。

　せっかく、アメリカで勉強されて、博士号までとられたからには今さらもう後戻りはできないし、その道で進んでいかれるとは思うのですが、ただ一つ、女性が社会進出し、女性が社会の指導部に数多く出れば、より良い社会が来るというのは「淡い夢」です。日本より「先に進んでいる」アメリカ社会の一人ひとりが、本当に幸せなのかをよくよく考えてみてください。

　私は、アメリカが先に進んでいて、日本の

社会のほうが遅れているという考えは、アメリカ的な発想であると信じています。アメリカは先進国、即ち、自分達が先に進んでいる国だと思っています。武器や発明品などの科学の分野で先んじて、「進んでいても」、人間的に「上に進んでいる／さらに向上している」とはとても思えません。そのことについては、あなたも実感されていることでしょう。

　残念ながら、女性の持って生まれた特性として物事を「複眼的に考えられず、単眼的にしかとらえられていません」。こういう書き方をすると、男性が優れていて、女性が劣っているというように書いていると思われますから、別の言い方をします。女性は「一つの分野に特化して優れた才能を発揮します」、男性は「多くのものを同時に見るので進歩が遅い」ということです。あなたは、自分は普通だと思っておられるでしょうが、私からすると異常です。

こう書くと、自己弁護も兼ねて、私のことを排他的男性優位主義者（male chauvinist）と叫んで攻撃されたくなるでしょうが、我慢して最後の言葉を聞いてください。

　一般的な女性らしい日本女性を、あなたの言葉で間違った道に誘い出さないでください。一見、女性は「自立」できるし、社会で羽ばたける大きな道が開かれたと思いますが、それは錯覚です。そのためには、女性は女性性を捨てなければなりません。生まれつき「男的」な女にとっては楽園かもしれませんが、大多数の普通の「女らしい」女性にとっては地獄以外の何ものでもありません。その点をよく考えていただきたいと思います。

新作　いとしこいしの名前談義

こいし　なんか聞いたところによると、君は最近、
　　　　生命判断を始めたんやて。

いとし　そうか、もう私の名前も安倍晴明のように
　　　　知れ渡りましたか。

こいし　誰にも知れ渡ったりはしてへんけど、
　　　　ちょっと小耳に挟んだんでな。

いとし　その大きな耳に挟まれたら、痛かったやろ
　　　　な。

こいし　誰がやな？

いとし　晴明さん。

こいし　人が耳に挟まれたなんて話、聞いたことは
　　　　ない。そんなことより、なんやねんな、そ
　　　　のやり始めた生命判断ってのは。

いとし　名前でその人の将来を言い当てるんや。

こいし　名前で人の将来をか。それは、姓名判断や
　　　　ないか。

いとし　そうや、最初からそう言うてるやないか。

こいし　わしはまた生命、生きてる命の判断かと思てた。

いとし　それでええんや。現代の安倍晴明の姓名による人の生命判断なんやから。

こいし　ハッケか？

いとし　カッケとは違います。

こいし　耳、悪いんか？

いとし　口悪い、あんたの。

こいし　わしが言うたのは、八卦。当たるも八卦、当たらんも八卦の。

いとし　私のは、当たるも八卦、当たるも八卦と言われるズバリ的中するものです。

こいし　それはすごいな。

いとし　あんたの名前も見たげましょか。

こいし　できるんか？

いとし　できやいでか。それで、あんたの名前は？

こいし　そんなもん、知っとるやろ。

いとし　昔から変わってませんか。

278

こいし　一緒や。喜味こいしや。

いとし　えらい変わったお名前ですな。

こいし　君かて夢路いとしやから、おんなじや。

いとし　いえ違います。あんたの名前には「食いしん坊」のケがあります。

こいし　食いしん坊？

いとし　喜ぶ味が恋しいなんて、よっぽど貧乏で味ないもんばっかり食べてたんですね。

こいし　人並みや。

いとし　お父さんは食いはぐれでも……？

こいし　なんでや？　わしの父親は立派な警察官やった。

いとし　それなら、なんで芸人なんかに身を落としたんです？　やっぱり届けてくれはった人の財布を懐に……。

こいし　聞き捨てならんことを言うな。芸事が好きやったから、転職や、転職。

いとし　転職ね。

こいし　それなら、君の名前はどうなんや。

いとし　私のは夢が叶う路がいとしゅうてならんという末広がりの名前です。

こいし　どこが末広がりやねん？ 君のお母さんかて三味線弾きの芸人やんか。

いとし　それがどうか？

こいし　看護婦さんやったのに三味線弾きに身を落とすなんて、末すぼまりや。

いとし　ちょっと待ってください。ひょっとしてあんたのお父さんと私のお母さんは夫婦ではございませんか。

こいし　そうや。

いとし　そうでしょう。

こいし　みんな知ったはるやんか、わしらが兄弟というのは。

いとし　それなら、なんで私らの名前が違うんでしょうか。

こいし　今さら何を言うてんねん。いとしこいしは芸名や。

いとし　本名は？

こいし　君は自分の本名を忘れたんか？

いとし　長いこと使こうとりませんし……。

こいし　篠原や。

いとし　思い出しましたわ、その名前。

こいし　自分の名前も分からんで、よう人様の姓名
　　　　判断なんかしてるなあ。

いとし　判断してお金を儲けとるのと違いますよ。
　　　　詳しく申しますと、姓名研究です。

こいし　姓名研究？　なんやねん、それは？

いとし　名前の歴史的変遷です。

こいし　えらい難しいことしてるんやな。

いとし　いいえ。何にも難しいことはありません。
　　　　昔は長男が一郎、次男が次郎、三男が三郎、
　　　　四男が四郎、女はひらがなで二文字の縁起
　　　　のいい、かめ、つる、うめ、たけ、きくな
　　　　んかですね。

こいし　今とはえらい違いやな。

いとし　そう、今のは、「ゴンベン」に「寺」、詩歌
　　　　の「詩」と書いて、読み方は「ララ」です。

こいし　聞いたことある。キラキラネームて言うやつやろ。

いとし　そう。「奇跡」と書いてダイヤ。「男」と書いてアダム、「宇宙」と書いてソラ。「心」と「愛」でココア、ちょっと前の流行やった真実の「真」、里の「リ」、亜細亜の「亜」の三文字で当て字で作ったマリアなんかは可愛いもんです。

こいし　ずっと前に、「悪魔」という名前を子供に付けた親がいて、その届け出を受け付けへんという役所があって話題になってたことがあったな。

いとし　子供はえらい迷惑ですな。

こいし　それで、君はそんな名前の子供の将来を占ってるんか。

いとし　占いと違うて。名前の変遷を見て社会を展望してるんや。

こいし　わしらの時代は、男は勝とか清とか弘みたいな一字の文字やったな。大正時代やった

282

　　　　　から、正一、正二、正三とえらい単純な名
　　　　　前の付け方やった。

いとし　私は、和子、順子、良子みたいな宮家の名
　　　　　前がええわ。

こいし　ロンドンの街中でジョンと大声で呼んだ
　　　　　ら、数十人が振り返るって話を友達から聞
　　　　　いたことがあるわ。向こうは、男はジョー
　　　　　ジ、チャールズ、ヘンリーみたいな名前に
　　　　　決まってるらしいで。

いとし　それもちょっと問題やけど、こう読めへん
　　　　　名前ばっかりやったら、絶対にフリガナが
　　　　　いりますな。

こいし　手間のかかることや。

いとし　私は、苗字と名前のセットでまだ日本人の
　　　　　誰もしたことがない研究をしてますんや。

こいし　またけったいなことやろうなあ。

いとし　また、と言われたら、そら、またやけどな。

こいし　なんやねんな、それ。

いとし　誰にも言わへんやろうな。

こいし　言わへんて。

いとし　苗字と名前で意味があるものを作ってるん
　　　　や。

こいし　ほう、変わったことやな。何のことか分か
　　　　らへんけど。

いとし　芝伊太郎、今勇太郎、桂光太郎、坂蔵譲三
　　　　みたいな名前や。

こいし　なんの名前やねん。

いとし　読んでみたら分かる。「しばいたろう、い
　　　　まゆうたろう、かつらこうたろう、さかぐ
　　　　らじょうぞう」や。

こいし　それがどうしたんや。

いとし　分からん人やな。「どついたろう」とおん
　　　　なじ、「しばいたろう」。「今言うたろう、
　　　　「鬘買うたろう」、「酒蔵醸造」

こいし　だじゃれかいな。

いとし　そうや。おもしろいやろ。

こいし　やっぱり、芸名やけど、君とは違う苗字に
　　　　しといて良かった。

言葉の違いのおもしろさ

　大学のオンライン授業では、画面上の対面型を想像される方が多いと思うが、文書で課題を出し、それに回答させているような授業もある。

　どんな授業でも同じことだが、こうしたやり方では、学生が自分で実際に課題をしているのかどうか分からない。友達と協力し合っていても分からない。語学なら翻訳ソフトを使ってやっているかも分からない。

　通常の授業では明らかにカンニング行為であるものが、教員側にはチェックのしようがない。「見えないものは見えないのだからしかたがない」と性善説を唱えて、このコロナの時代にはそれを信奉せざるを得ない。信用取引のようなもので、疑ってかかればきりがない。

　学生にしてみれば、大御所の教授が手下の若手教員に昇進というエサをぶら下げて、下請けにやらせ

ていても全く分からない。半信半疑の「虚偽のクラスルームである」。

　ヒロウ氏には、語学の授業なのに、なぜ対面型の授業をしたがらない女性教員がいるのか、その気持ちが分からない。顔を見られたくない？　教室では見られるのだから同じことだと思うが、教室内なら見られるのは学生だけである。コンピュータ画面に登場すると誰に見られているのか分かったものではない。知らない人に知られているというのは、「芸人」ではないのだから、気持ちが悪いという女性の言い分は分かる。

　プライバシーの侵害が起こる今の世の中、これに過敏に反応する若い女性の気持ちも分からないではない。それに頻繁にシステムがダウンし、その度に事務局が学生に謝罪するのではなく、教員が不都合を学生に謝罪して、再度同じ授業をしなければならないというお達しが来ているから、これでは教員は馬鹿らしくてやってられない。

　学生の身になってグーグル翻訳を試してみた。英

語と日本語間の翻訳はかなりうまくできている。まだ完璧ではないが、コンピュータが書かれた英語も日本語も読み上げてくれる。しかし、コンピュータ音声の英語は上手だが、日本語は下手である（いずれは上達するだろうが……）。「お父様」を「おちちさま」と読むので、爆笑してまった。

　ちょっと、自分の習っているドイツ語の予習にと思ってグーグル翻訳を使ってみた。テキストを左側に貼り付けると右側に英語が出てくる。日本語にしてもいいが、ドイツ語を理解するのには日本語より、英語のほうが楽である。なぜかというと、英語とドイツ語は親戚のようなものだから、よく似た単語が出てくる。日本語の中に最近は特に多くの英語が「潜入」してきて気分が悪いのだが、ドイツ語の中に入り込んでいる英語はその比ではない。びっくりするぐらい多い。日本語になら腹が立つのに、ドイツ語になら大歓迎である（自分で言うのもなんだが、勝手なものである）。

　そこで、学生時代に買った「対訳本」のように左

右見比べて読んでみる。最初は右と左が同じページの同じ行にあるのに、それがだんだん差が開いてくる。5段落ほど行くと、当該箇所がどこか分からなくなる。左のドイツ語はかなり下に行っているのに、右側の英語はまだページの上のほうである。最終の箇所などに行くと、英語はとっくに前のページの半分ほどで終わっているのに、ドイツ語だけがまだ残っていて、どの英語にあたるのか前のページに戻らないといけない。これでは困るので、終わった段落ごとに英語もドイツ語も削除して進まないと当該箇所が分からなくなる。

　ハタと考えた。英語はドイツ語の2/3ぐらいの量で終わっている。これは同じことを言うのに、英語は2/3の言葉、量、時間で済むということだ。ついでに調べてみた。フランス語、イタリア語、スペイン語、ロシア語。英語とほとんど同じ量だ。チェコ語、ポーランド語、スウェーデン語、アイルランド語、フィンランド語なども同じ。タイ語、ペルシャ語、ラテン語、インドネシア語、インド語も同じ。

　ところが日本語はドイツ語の 1/2 ほど。中国語は何と 1/3 である。これは、漢字がスペースを取らないからだ。手書きにすると、どちらが早いのか分からない。とにかく、分かったのはドイツ語は１つの単語が Amanohashidate のように天地がひっくり返るほど長いだけでなく、言い回しまでも長いということである。こんな邪魔くさい言語を操る国民は、四角四面の国民で勤勉であるはずだ。ヒロウ氏のうないい加減な人間には、とうていマスターできる言語ではない（それにいい年をしてチャレンジしているのがドン・キホーテ的である。何の必要性もないのに……）。

ありのまま（Ants' Mother の話ではない［笑］）

『アナと雪の女王』という映画がヒットし、その
テーマソングがよく聞かれていた頃からもう数年
経った。どこがいいのか分からなかった。今でも分
からない。アナのお姉さんの女王の指先は何でも凍
らせる作用がある。主題歌の「ありのままで」とい
う歌詞を耳にこびりつくほど、何度もあちらこちら
で聞いていた。

　話は変わるが、団塊の世代の方達には馴染みの旺
文社の社長自ら作ったという赤尾の「豆単」という
受験用の単語集が作られて、それが当時爆発的に売
れて、その赤い装丁の小さな本は教室のいたるとこ
ろで見られた。ところが、それは受験に出そうな単
語（実は出そうにもない単語もずらりと……）をア
ルファベット順に並べただけで、よほど狂気のよう
にねじり鉢巻きをした丸坊主頭の受験生でもない限
り、それを「a」から順に覚えるなどできるもので

ありのまま（Ants' Mother の話ではない［笑］）

はなかった。無味乾燥として、単語一つ一つが「単語の死骸」のように並べてあったのだ。通常の神経の受験生なら、「a → Abe（愚昧な人物のことではない。エイブと発音し、Abraham の愛称である）に辿り着く前の abandon（あきらめる）」あたりで挫折することでも有名になった本である。

　ヒロウ氏は断捨離の際に、これは捨ててしまった。ところが、なぜか同じサイズの旺文社出版のアカ本ではなく、シロ本の『古文基本単語熟語集』が捨てられずに残っていた。これは今は重宝している。受験当時には古語辞典を愛用していたので、役立たずのこの本は使われず「新品」のままなので捨てるに忍びなかった。当時、きっと売れに売れた赤本に続けと白本が出版されたのに違いない。ところが、期待に反して売れなかった。

　ヒットした映画のシリーズ２になるとだいたいの作品はガタッと質が落ちるというのが定説であるが、この本もそうなのだろう。ヒロウ氏自身が考案した受験用の問題集もシリーズ２の売れ行きは激減

291

した。著者自身に1作目の情熱がどこにも感じられない。1作目が売れたからと、出版社から依頼が来て、1作目に出版してもらったという恩義があるので、とても断ることなどできるわけはないし、2作目でもボロ儲けができたらイイなというような下心があるから始末に負えない。

　こんな下心があればあるほど「売れない」本になる。何事にも純粋な情熱が必要である。ということで、シリーズ3なんて依頼は絶対に来ない。

　ここで、おもしろいことを一つ紹介しておく。この1作目が売れに売れたので、他の出版社からどんな本でもいいから出版させてほしいという甘い誘いが来た。「本当に何でもいいのですか？」と聞いて、「いいです」と言うので、たぶん売れはしないと思いつつも、英会話の教材には当時は、挨拶程度のもの、買い物場面、旅行設定などのありきたりの状況設定のものしかなかったので、ヒロウ氏の一番好きな劇、オスカー・ワイルドの『まじめが一番』（*The Importance of Being Earnest*）を高校生用に易しく書

き直しての出版とあいなった。これは予想が的中して、惨憺たる売れ行きだったと記憶している。今でも、ヒロウ氏の家の「古代図書館」と名付けられた物置小屋に死んだように 20 冊が眠っている。

（本題に戻って）

　この『古文基本単語熟語集』の一番最初に記載された語は「あからさまに」である。現代語に相当する意味は「ありのままに」となっている。ヒロウ氏の語感では、「あからさまに他人を罵る」とか「あからさまに貶す」のように、どちらかというと誹謗語である。「あからさまに褒める」という表現は聞いたことがない。

　ということは、常々ヒロウ氏が考える「ありのままに」というのはやはり良くないことなのだ。指先で人を凍らせるような若い女がコロナ菌のように社会に増殖している。これでは常人はたまったものではない。

若者に申し述べる。「君達一人ひとりが『ありのまま』のSNS的言動や行動をしていれば、ギスギスした社会になる。そこは住みにくい社会だ。自分達で思いやりのない「生き場」（行き場）のない世間を作っていることを認識すべきだ。他者を思いやる気持ちを持ち、「人を凍らせるような手は、矯正できないのなら、縛り付けておくか、どうしても思うままにならないのなら、みんなのために自ら焼き切る覚悟が必要ではないだろうか。

「自らを燃やしても、社会を凍らせない」気概を持って、社会に貢献してほしい。

夏の夜

　寝苦しい夏の夜、テーマも何もなく、ただやみく
もに書きたくなった。その結果がこれである。

　「妻の絵模様」

　　薄明の霧に赤味が差してきた
　　すべてが白く霞んでいた中
　　朝陽が霧を燃やし出した
　　なぜか美佐子のシルエットがそこに見える
　　亡くした妻の絵模様が霧の中に流れゆく

　　混濁する都会の澱んでいた空気は
　　路地裏の嘔吐物の悪臭を漂わせていた
　　そこでは缶ビールの泡がつむじ風に渦巻いて
　　朝陽の中で不透明に蒸発し
　　私の歩みはさらに遅くなってゆく

私は丘の上の斜塔に向かっている
と、思っていた
すべてが錯覚だった
蜃気楼のような、あって、ない存在
たどり着いた先は仏教寺院の廃墟だった

大きな伽藍の前に立ちつくす
もうこれ以上、一歩も足は進まない
伽藍は大きくもあり、小さくもあった
それは、私の妻を思う心の寸法にも似て
一定しない愛の尺度でもあった

眩しい太陽が眼前のものをすべてを消し尽く
して
大地の主として私達一人ひとりに
それぞれの影を与える
愛しみ深い影の創造主である
唯一の絶対的な存在にすがって

今一度、妻のシルエットを
私の手で紡ぎあげてみたい

死

　凡人は誰しも死ぬのが怖いはず。それは、自分の力、「自我」で生きようとするからである。「生きる」という考え方を「生かされている」と考え、自我で死ぬのではなく、寿命が自然に終わるから死ぬと考えるのが一番良い死に方で、良い生き方である。短く輝いて、燃焼する自分のエネルギーが枯渇して死ぬ。線香花火のように……。

　今の殺人や事故死などが日常茶飯事の殺伐とした社会で、あるいは、ガンやその他あらゆる難病と闘っている人達の日常では、よほど達観した人間でないと、こうは考えられないに違いない。

　煩悩のある人間が、どうしたら悟りの境地に辿り着けるか、その筋道があれば知りたいものだ。

　線香花火で短い命の詩を作ってみた。

「線香花火の命」

黒い玉に火がともされる
パチパチと元気にはじける音
パッパッとちっちゃな赤い炎

黒い玉から赤い夕陽になって
ポトッと砂場に落ちる
あとに煙がうっすらと中空に昇り
そして消えていった

　般若心経では、感覚も、表象も、意志も、知識も
すべて実体がないとしている。そして、物質的現象
さえも実体がないと。過去、現在、未来の三世に眼
覚めた人。大いなる悟りの真言、無上の真言、無比
の真言、彼岸に往ける者のすべて。
　分かったようで、ちっとも分からない。悟りの言
葉は魔法の呪文のようだ。言葉が透明人間のように
すり抜けていく。お経には「間がない」から、だ

らだらと響いて「間が抜けている」。人に「間」が
あるから、「人間」が出来上がる。人と人の間にも
「間」がなさすぎると、人は窮屈になる。人と人の
間には快適な空間が必要だ。それは国民によって違
う。西洋人と比べて日本人は、比較的その「間」は
長くとるらしい。

　今の世の中、人間回帰のための「間」が欠けてい
る。ゆったりとした時間、空間が必要で、それが
あって初めて霊との会話が成り立つ。そして、心を
取り戻して、人間復権に努めることができる。

　リニア・モーター・カーなど、そんなスピードに
果たして人間が適応可能なのか分からない。人間性
が途中で振り落とされるのではないかと心配である。
高速道路やあちらこちらに次々と作られる道路、高
齢者には渡れない歩道橋など、狭い国土をあたかも
すべて道路にしようと、大企業と政治家、それに土
建業者が組して画策しているのか。政治家は庶民の
税金を使う権力を掌握し、土建業者は政治家に忍び
寄り、大企業は莫大な儲けを得て、利権を与えてく

れた政治家に見返りに献金するという仕組みが出来
上がっている。

　石川啄木ならずしても、働けど働けどなお、我が
暮らし楽にならざり、と嘆く。アイルランド人の小
作が年貢を払えずに、土地から追い立てをくらい、
さらなる荒れ地に生活の場を移さざるを得なかった
ように、今日本人は日本の土地から追い立てをくら
い、荒れ地さえももらえず、その代替として大地か
ら遠く、さらに遠い高層マンションという最果ての
地なき空間に追いやられて暮さねばならなくなって
いる。

　現代社会で、忙しいことにかまけて、じっくりと
本を読んだり、考えたりする時間がない。それも、
忙しい理由は、スマートフォンのソーシャルメディ
アに使われる膨大な時間、そして楽しすぎるゲーム
に没頭する時間。

　現代人は何かと忙しい。「忙しい」という字は、
「リッシン偏の意味の『心』に亡」と書く。つま
り、「心を亡くした状態」を示している。忙しすぎて、

良心不在、人間不在となるのだ。縦に並べて、ツクリを上、ヘンを下に持ってくれば、「忘」れるとなる。

　孔子が諸国を行脚して家に帰り着いた時に、大公から「とても慌て者で、転宅の際に最愛の妻を置き忘れてきた」という男がいたという話を聞く。これに対して、孔子は「妻を置き忘れても、必ず思い出すからよろしいでしょう。しかし、一番大切な自分をどこかへ置き忘れて、忘れっぱなしにしているのが我が国の現代の姿です」と、密かに大公を戒めた。

　孔子が亡くなってから、2千5百年も経っている。でも、周りを見渡すと孔子が教えを授けた大公のような人があちらにもこちらにもいる。状況は孔子の時代とさして変わってないような気もする。人は人として進歩してはいないのだろう。「文明」が進んでも、人は暗いままだ。これでは「文暗」だ。人はいつの時代も、どこにいても同じなのだろうか。

　孔子の大切な教えは、「人は大切な自分を忘れている」ということを自覚しなさいである。つまり、自己放棄に対する警告なのだ。忙しくて思索しない

ことによって、人間が人間でなくなるから、そんな
に「忙」しくしないようにという教訓である。

ゆく川のながれ

　断捨離の途中に本棚の傍らから出てきた『方丈記』をパラッと捲ってみると、「ゆく川の流れは絶えずして、しかも、もとの水にあらず。淀みに浮かぶうたかたは、かつ消えかつ結びて、久しくとどまりたる例なし、世の中にある、人と住家と、またかくのごとし」という、有名な出だしが目に入った。

　高校当時、「祇園精舎の鐘の音、諸行無常の響きあり」という『平家物語』の冒頭のくだりと、この文章は音の調子がいいので覚えたものだ。

　いつものことで、整理の途中に本やアルバムを開くと、そこで時間は停止し、作業も止まる。正座したまま、一気に現代語訳のところだけ先に読み、この名文で始まる鴨長明の「文法詳解『方丈記』精釈」という高校時代の参考書を半世紀以上を経て、再読してみた。

　受験勉強のために読んだ10代の頃とは違って、62歳で没した鴨長明よりも9年も長生きして読むと、書かれている内容がひしひしと伝わってくる。自分の今置かれている状況と照らし合わせてみると、鴨長明の哲学や実践力、そしてその「本質」において雲泥の差はあると認めつつも、基本的な考え方は同じであるのを再確認した。

　昨年、吉川英治の『新・平家物語』を読み、平家の栄華と没落の様から「有為転変は世のならひ」を教えてもらった。偶然、中津川から塩尻に向かってドライブしている際に木曽町日義に義仲館があり、その辺りが木曽義仲が育った場所であるのを知った。毎年、赤倉温泉に行く際には、1183年に平維盛率いる平家の大軍を撃破した義仲の「火牛の計」で有名な倶利伽羅峠のそばを走りながら、平家と源氏のことに思いを馳せるヒロウ氏である。

　徳島県三好市では、平家の落人が隠れ住んだ西祖谷山村や、源氏の兵が攻めてきた時には切り落とせる「かずら橋」などを渡ってみて、戦いに敗れた者

達の末路の哀れさにしみじみ感じ入った次第である。
鴨長明も父親や祖父が鴨の社の神官であったのに、
親族の讒言でその職を継ぐことができなかった。

　このことから世捨て人になろうと決意したのだか
ら、敗残者などでは決してないが、彼の晩年の境遇
は平家の落人と見かけは大差がない。しかし、平家
の落人はやむなくそうして暮らさざるを得なかった
のに対し、鴨長明は自らそれを選んだ点で大きな差
がある。

　最初は大原山に住み、54歳頃には醍醐付近の日
野山に方丈（約3m四方）の庵を結んでいる（下鴨
神社に行けば、その庵とされるものが見られるから、
是非見てもらいたい）。

　鴨長明の生きた時代を見てみよう。

2歳（の時）、保元の乱
　　（後白河天皇、源義朝、平清盛 VS 崇徳上皇、
　　源為義、平忠正）

5歳、平治の乱

　　（二条天皇 VS 後白河上皇、源義朝 VS 平清盛）

13歳、平清盛が太政大臣になり、平家の最盛期

26歳、安徳天皇即位、福原遷都、源頼朝、木曽義
　　仲挙兵、京都へ再び遷都

27歳、平清盛、死去

31歳、平家、壇ノ浦にて滅亡

38歳、源頼朝、鎌倉幕府を開く

45歳、源頼朝、死去

58歳、法然、死去

61歳、栄西、死去

62歳、鴨長明、死去

　どういうわけか最後に「死去」が4人も並んでい
るが、鴨長明は生涯に、京都の大火、竜巻、飢饉、
大地震などの天変地異に遭遇し、その悲惨さを身を
もって体験している。

　『方丈記』の「結び」を私なりに現代語に訳してみ

る。

　さて、我が余命も月影が山の端に沈むように幾ば
くもない。今にも、三途の闇に向かおうとしている。
この期に及んで何を嘆いたりするものか。仏様の御
教えは、執着心を捨てるように、ということである。
今、草庵をいとおしく思うのもその心の表れである。
また、閑寂の境地に浸ろうとするのも悟りの妨げに
なるであろう。無意味な心慰めを語るだけなんて、
どうして時を無駄に過ごしてよいのだろう。

　私は常に若者の愚かさを嘆いているが、自分も若
い時はそうであった。もう亡くなった同輩の者、若
くして命を落とした級友がいる中、よくここまで生
きてこれたものだとしみじみと感じる。これから先
のことは分からない。

更級日記

『更級日記』を読んでいた。西洋文学と日本文学の大きな違いに、今さらながら気付かされた。昔の日本文学にある詩情というものを再認識した。現代の日本文学は西洋的なものになってしまっているのではないだろうか。

「情趣」の大切さとか「ものの哀れ」という感覚が、今はなくなっている。日本の古典文学は、命の儚さを教えてくれる。特に、作者の菅原孝標女の姉が産褥で亡くなり、火葬で野辺の送りの後、継母だった人が詠んだ歌がある。

　　そこはかと　知りてゆかねど　先に立つ
　　　涙ぞ道のしるべなりける

（どこが墓とはっきりと承知して行ったのではないが、悲しみに先立ってこぼれる涙が道案内である）

ここで、目から鱗が落ちたというか、こんな年までそんなことを知らなかったのかという衝撃が心に走った。それは、「そこはか（と）」という言葉である。「たしかに、はっきりと」という意味であるが、解説には「はか」には元来、「目あて、目標、到達点」の意味があると書かれている。

　私のこの本の副題は「老人の老人による老人のための随筆」とあるので、私がここで「はか」のことで何を語りたいのかは皆様にはご理解いただけると思う。

　　そこはかと知りつつ、知らず
　　　はかなき地
　　この世の終わりへ
　　　しずしずと
　　共に進んで参りましょう

「桐一葉」の句と詩

最後に、俳句と詩を作ってこの『徒然なるままに』を終えることにする。

「句」　ひと息と耐えて忍ぶは桐一葉

「詩」　　　　　　桐一葉

　　　限りある命と知りても

　　　昨日までは　他人事

　　　半年と言われて

　　　ハタと歩み止まりて

　　　仰ぎ見る　空と雲

　　　ひらひらと落ちる　桐の葉

　　　ひとつ、またひとつ

　　　暮れゆく秋　落ちゆく里に

　　　桐一葉　秋の舞扇

　　　私のたったひとつの埋葬品

著者略歴

今西 薫（いまにし かおる）
1949 年京都市生まれ。関西学院大学法学部卒業、同志社大学英文学部前期博士課程修了（修士）、イギリス・アイルランド演劇専攻。元京都学園大学教授。

著書
『21 世紀に向かう英国演劇』（エスト出版）
『*The Irish Dramatic Movement: The Early Stages*』（山口書店）
『*New Haiku: Fusion of Poetry*』（風詠社）
『*Short Stories for Children by Mimei Ogawa*』（山口書店）
『イギリスを旅する 35 章（共著）』（明石書店）
『表象と生のはざまで（共著）』（南雲堂）
『詩集 流れゆく雲に想いを描いて』（風詠社）
『フランダースの犬・ニュルンベルクのストーブ』（ブックウェイ）
『心をつなぐ童話集』（風詠社）
『恐ろしくおもしろい物語集』（風詠社）
『小川未明 & 今西薫童話集』（ブックウェイ）
『なぞなぞ童話・エッセイ集（心優しき人への贈物)』（ブックウェイ）
『この世に生きて　静枝ものがたり』（ブックウェイ）
『フュージョン・詩 & 俳句集 —訣れの Poetry — 』（ブックウェイ）
『アイルランド紀行 —ずっこけ見聞録—』（ブックウェイ）
『果てしない海 —旅の終焉』（ブックウェイ）
『J. M. シング戯曲集 *The Collected Plays of J. M. Synge*（*in Japanese*)』（ブックウェイ）

『社会に物申す』純晶也［筆名］（風詠社）

徒然なるままに ——老人の老人による老人のための随筆

2021年5月8日　初版発行

　　　著　者　今西　薫
　　　制　作　風詠社
　　　発行所　学術研究出版
　　　　　　　〒670-0933　兵庫県姫路市平野町62
　　　　　　　TEL.079(222)5372　FAX.079(244)1482
　　　　　　　https://arpub.jp
　　　印刷所　小野高速印刷株式会社
　　　　　　　©Kaoru Imanishi 2021, Printed in Japan
　　　　　　　ISBN978-4-910415-45-1